# LOS MULTIMILLONARIOS MCCLELLAN

*El multimillonario y su asistente embarazada*

*El chef multimillonario y un embarazo inesperado*

*El multimillonario y su protegida*

RELAY PUBLISHING EDITION, JUNIO 2022
Copyright © 2022 Relay Publishing Ltd.

Leslie North es un seudónimo creado por Relay Publishing para proyectos de novelas románticas escritas en colaboración por varios autores. Relay Publishing trabaja con equipos increíbles de escritores y editores para crear las mejores historias para sus lectores.

*Diseño de portada de: Mayhem Cover Creations*

*Traducción de: Martina Engelhardt*

*Corrección de: Guillermo Imsteyf*

www.relaypub.com

# EL MULTIMILLONARIO
## y su protegida

BEST SELLER DEL *USA TODAY*

# LESLIE NORTH

# SINOPSIS

*A veces, el amor no sale como lo planeamos...*

El arquitecto Vane McClellan vive para los negocios. Proviene de una familia adinerada, sí, pero eso no significa que no haya tenido que esforzarse para lograr que su estudio de arquitectura sea el mejor del país. Sin embargo, su vida da un giro inesperado cuando se convierte en el tutor de Annabelle, la hija de su difunto primo. Y Vane tiene miedo de que la niña necesite más amor del que él puede darle.

Maggie Stewart, la maestra de Annabelle, lleva una vida despreocupada y sin ataduras. Está por mudarse (una vez más), pero primero tiene que asegurarse de que Annabelle esté bien. Ella y la niña se han vuelto muy unidas desde que empezaron las clases, y ahora Maggie tiene un último trabajo: dejar a Annabelle en la casa de veraneo de su tío Vane.

Pero sus planes cambian otra vez cuando ve al arquitecto multimillonario haciendo todo lo posible por cumplir su nuevo rol paterno, y se le derrite el corazón. Cuando él le pide que se quede y cuide a Annabelle durante el verano, Maggie acepta, con la esperanza de enseñarle a ser un buen padre antes de marcharse para empezar un nuevo trabajo.

Al poco tiempo, Vane y Maggie se entregan a la pasión que los venía tentando desde el primer día. Pero, cuando termine el verano, ¿tendrán la valentía de seguir lo que dicta su corazón?

# LISTA DE ENVÍO

Gracias por leer "El multimillonario y su protegida"

Los multimillonarios McClellan: Libro 3

Suscríbete a mi boletín informativo para enterarte de los nuevos lanzamiento:

www.leslienorthbooks.com/espanola

# ÍNDICE

# 1

Todos los chicos habían salido al recreo. Dentro de la escuela primaria, reinaba la calma. Vane McClellan se detuvo fuera del aula para acomodarse la corbata. Quizá ponerse un traje para una reunión de padres —o de tutores, en su caso— era un poco exagerado, sobre todo un día de calor agobiante como ese. Pero que lo hubieran convocado a una reunión tres días antes de que terminaran las clases no era un buen augurio, y Vane sabía que tenía que causarle una buena impresión a la maestra de Annabelle.

El repiqueteo de tacones altos en las baldosas del pasillo le trajo recuerdos... y también la necesidad de esconderse en la esquina antes de que lo pescaran fuera del aula, lo cual era ridículo. Era un hombre adulto, no un niño asustado el primer día en el internado.

La sensación de ser un adulto duró exactamente el tiempo que le llevó entrar al aula e intentar meter sus casi dos metros de altura en una silla para niños. Con las rodillas plegadas y casi tocándole la barbilla, no se sentía para nada como un adulto. Y mucho menos como un padre.

—Eh, ¿señor Bishop?

La maestra de Annabelle cerró la puerta del aula y le sonrió. Vane contuvo las ganas de sonreír de oreja a oreja. Sin dudas, era la maestra más atractiva que había visto en su vida. El atuendo profesional que tenía puesto no disimulaba su cuerpo curvilíneo y esbelto, y sus piernas le quitaron el aliento. Tenía el pelo rubio recogido en un rodete alto, pero, al final de un día largo y caluroso, algunos mechones ondulados se habían escapado y jugueteaban sobre sus hombros. Su sonrisa era franca y ancha, pero sus ojos tenían una cualidad felina que lo distraía mucho al mirarla. No obstante, estaba a punto de regañarlo por el pésimo trabajo que estaba haciendo con la crianza de Annabelle. Vane se dio vuelta y miró por la ventana.

—McClellan, en realidad —la corrigió con educación. Había tenido que repetir lo mismo prácticamente todos los días desde que había anotado a Annabelle en cuarto grado en ese colegio—. No soy su padre, soy su tutor legal. Su papá era mi primo.

La maestra se dio una palmadita en la frente.

—Por supuesto. Qué estúpida. Claro que me acuerdo —dijo. Extendió la mano para darle un apretón, y Vane tuvo que acomodarse en la silla para poder saludarla—. Soy Maggie Stewart, la maestra de Annabelle. Lo veo siempre que viene a buscarla, pero creo que no nos han presentado. Muchas gracias por venir.

—No hay problema. ¿Está todo bien? —Era una pregunta tonta, lo sabía. Era obvio que no estaba todo bien. Vane sabía que a duras penas se las estaba arreglando con su sobrina. El hecho de que la niña hubiera ido a vivir con él luego de la muerte de Colby (Vane aún no podía creer lo rápido que había avanzado el cáncer de su primo) había sido una sorpresa para ambos. La paternidad no era una virtud que se le diera naturalmente, y no paraba de cometer un error tras otro. Tras carraspear, agregó—: Si otra vez me va a sugerir que no la cambie a un colegio privado, esa decisión ya está tomada.

La señorita Stewart se inclinó sobre el escritorio. Un momento, ¿era señorita? ¿O señora? Diablos, siempre se olvidaba. Le miró de reojo la mano izquierda. Señorita, entonces. Bien. Muy muy bien.

—No, no lo llamé para eso —respondió la señorita Stewart, entrelazando las manos. Vane miró por la ventana para resistir la tentación de echarle un vistazo a su escote espectacular—. La excursión de fin de año es el miércoles, y sé que Annabelle tiene muchas ganas de ir. —Aunque su sonrisa parecía sincera, Vane se molestó—. Pero usted todavía no ha firmado la autorización.

—Ya lo sé. Es a propósito.

Ella suspiró.

—Bueno, lo llamé para ver si puedo apaciguar cualquier temor que tenga con respecto a la excursión. Va a haber mucha supervisión, irá un adulto cada cinco niños. Además, no vamos lejos, solo al parque de diversiones, y la cena está incluida. Los maestros nos vamos a turnar para cocinar. Va a ser muy divertido.

—Estoy seguro de que sí —la interrumpió él con un suspiro. Diablos, cuando se trataba de su sobrina, parecía que se la pasaba diciendo que no—. Pero Annabelle no puede ir porque me surgió una remodelación a último minuto.

La señorita Stewart levantó las cejas.

—Ah, sí. Usted es arquitecto, ¿verdad?

Vane asintió.

—Estoy restaurando una propiedad histórica, y el contratista acaba de liberarse. Estamos algo justos de tiempo por la temporada, así que tenemos que empezar cuanto antes. Annabelle y yo salimos para allá el miércoles a primera hora.

Ella se pasó la lengua por los dientes, un gesto que no tenía la intención de ser seductor, pero, por eso mismo, a Vane le pareció todavía más irresistible.

—Entiendo que esté en un aprieto con su trabajo, señor McClellan, pero…

—Vane. Por favor, dígame Vane, señorita Stewart.

Ella frunció la nariz de un modo adorable.

—Maggie, entonces. Bueno, Vane, como te decía, entiendo que el tiempo apremia. Pero Annabelle empezó hace muy poco aquí en Fairlawn. Al principio era muy tímida, así que ha sido maravilloso verla soltarse y hacer amigos.

Vane apoyó las manos sobre las rodillas. Cada palabra que decía la señorita Stewart lo llenaba de culpa.

—Ah, ¿sí? Porque, por las notas que me mandabas, me dio la impresión de que todo era un desastre.

Maggie apretó los labios.

—Esas notas son solo para informar. No para criticar.

—Jamás me hubiera dado cuenta —replicó él de mala manera.

Ella lo miró con los ojos entrecerrados.

—Estamos del mismo lado, señor… Vane. Los dos queremos lo mejor para Annabelle...

—Exacto. Como su tutor, eso es justamente lo que estoy tratando de hacer.

Ella no paraba de interrumpirlo.

—…y siento que negarle la oportunidad de tener un cierre con esta excursión, de tener la oportunidad de despedirse de sus amigos antes de que se cambie de escuela, es…

Maggie levantó las manos como si se rindiera, y Vane volteó hacia otro lado. Una oportunidad de despedirse. De tener un cierre. Eran las palabras que surgían cada vez que hablaba de Annabelle con otro adulto. Con el doctor. Con la niñera. Con la terapeuta. Con su propio hermano cuando Vane se opuso a que Colby tuviera un funeral a cajón abierto. «Necesita tener un cierre y la oportunidad de despedirse». Había pasado los últimos nueve meses volviéndose loco para poder darle esas cosas, y aun así no alcanzaba. ¿Cuándo iba a dejar de sentir que le estaba fallando a Annabelle en todo sentido?

—Mira, no es que sea un imbécil —le dijo a Maggie, aunque estaba bastante seguro de que, de todos modos, ella ya pensaba que era un imbécil—. Es solo que es un mal momento. Nada más.

Intentó sonreír, pero se dio cuenta de que debía parecer más una mueca que otra cosa. O que estaba mostrando los dientes. Estaba sobrepasado, y se notaba. Lo confirmaba cada vez que se miraba al espejo. Ojeras profundas. Aspecto perturbado. De seguro Maggie pensaba que la remodelación era solo un proyecto para alimentar su ego. El arquitecto multimillonario que no podía dejar de trabajar, ni siquiera para hacer feliz a una niñita; ya sabía de qué iba ese guion. Pero la verdad era que tanto él como Annabelle necesitaban esa remodelación. No era una propiedad histórica cualquiera: era la casa de playa de los McClellan, donde habían transcurrido sus recuerdos más felices de la infancia. Era un lugar tranquilo, alejado del estrés de la ciudad y de las exigencias de su trabajo. Annabelle y él podrían formar un vínculo ahí o, por lo menos, eso esperaba. Quizás ella también podía empezar a construir algunos recuerdos felices.

—¿Ya está, entonces? —le preguntó a Maggie, y amagó a levantarse de la silla—. ¿Ya quedó claro por qué Annabelle no puede ir a la excursión?

—¿No puedes posponer tus planes tan solo un día?

—Tengo que recibir al contratista cuando llegue. No puedo. —Vane se levantó y le extendió la mano sin siquiera mirarla—. Te agradezco por el interés igual…

Ella le agarró la mano y tiró con tanta fuerza que lo hizo perder el equilibrio. Desconcertado, Vane la miró a la cara. Ella tenía los ojos muy abiertos y lo miraba con tal intensidad que se sintió incómodo. Hasta ese momento, Maggie solo le había parecido una cara bonita más del montón, pero ahora se daba cuenta del fuego que ardía debajo de su apariencia dicharachera.

—¿Y si te la llevo? —le preguntó ella, en un tono completamente distinto del tono alegre que había usado antes—. Annabelle confía en mí. Tenemos un vínculo. ¿Y si, después de la excursión, la llevo en auto hasta donde estés?

—¿Harías eso?

Ella asintió.

—Claro que sí. Adoro a Annabelle. Lo haría con gusto.

Vane casi no podía creer lo que estaba escuchando. Maggie era una de esas personas transparentes que no disimulaban sus emociones, y la sinceridad brutal que vio en su mirada lo puso nervioso.

—Va a haber tormenta —le advirtió él, al tiempo que alejaba la mano con delicadeza—. Se supone que va a llover el miércoles por la noche.

—Ay, siempre exageran con esas cosas, pero después no pasa nada —respondió ella y asintió, primero despacio y luego más enérgica-

6

mente—. Sí, ¡es una idea excelente! —exclamó, juntando las manos—. ¿Qué te parece?

«¿Es en serio?», quería preguntarle Vane. «¿Es en serio?». Nadie podía sentir tanto entusiasmo ante la idea de hacer de chofer. Nadie podía pensar que la idea de manejar por la costa en medio de una tormenta fuera el comienzo de una gran aventura. Pero a Maggie le brillaban los ojos, y Vane sentía que ya había agotado su cuota de negatividad del día.

—Bueno, sí, gracias —respondió, ignorando lo que le decía su instinto—. Sé que Annabelle tiene ganas de ir a la excursión, y confía en ti.

—¿Y tú confías en mí? —preguntó ella, ladeando la cabeza para echarle una mirada inquisitiva.

El mismo Vane se sorprendió al asentir.

—Sí. Eres su maestra. Además —agregó entre risitas—, sé dónde trabajas.

Ella se echó a reír.

—No por mucho. El miércoles también es mi último día aquí.

—¿En serio? —Ahora que ya habían llegado a un acuerdo, Vane solo quería escapar mientras las cosas estuvieran bien—. Qué coincidencia.

—En otoño empiezo en otro trabajo —explicó ella e hizo una mueca—. Voy a dar clases en una escuela rural de Alaska. Es un contrato de cinco años.

—Qué bien. Es bueno tener estabilidad.

Ella rio.

—Eso dicen. Pero nunca estuve tanto tiempo en el mismo lugar.

—Ah, ¿no? —preguntó él. Sonaba feo.

Ella se encogió de hombros antes de esbozar una sonrisa alegre.

—Supongo que será una aventura, ¿no? Probaré algo nuevo.

Vane soltó un suspiro profundo.

—Claro —dijo sin más. «Yo paso», pensó. Desde que había empezado a pasar a buscar por el colegio a Annabelle, con su actitud taciturna, todos los días eran una aventura. Y, la verdad, ya estaba harto. Al carajo lo de probar cosas nuevas. Hubiera dado todo por que las cosas fueran como antes.

## 2

—¡Ay, me encanta esta canción! —chilló Annabelle desde el asiento trasero del auto de Maggie—. ¡Y me sé la letra!

—Te escucho, entonces —dijo Maggie riendo y subió el volumen. La niña puso la voz más aguda para entonar en un falsete desgarrador, intentando imitar las florituras de la cantante pop—. Nunca voy a amar a toro…

—A otro, cielo. Dice «nunca voy a amar a otro».

Maggie la espió por el espejo retrovisor y vio que Annabelle fruncía el ceño con actitud pensativa. La niña estaba atravesando esa etapa extraña que a Maggie tanto le gustaba presenciar; era una de sus cosas favoritas de darles clase a niños de cuarto grado. Annabelle todavía era una nena, con pelo castaño claro y fino, tez sonrosada y el recuerdo de hoyuelos en las mejillas, pero en su rostro ya se empezaba a adivinar la persona en la que se iba a convertir. Las cejas serias y rectas, la nariz un poquito grande para la cara. Las niñas de esa edad eran indomables, siempre estaban listas para la aventura, y Maggie sentía que las entendía mejor que a la mayoría de los adultos.

—No entiendo —se quejó Annabelle.

—No importa. Lo entenderás cuando seas más grande. ¡Vamos, canta! ¡Tienes una voz muy bonita!

Annabelle parecía encantada y, obediente, volvió a entonar. Era lindo escucharla cantar, pensó Maggie. También había sido lindo verla sonreír y reír y abrazar a todos sus amigos.

—No entiendo cómo no estás agotada —le dijo Maggie mientras aceleraba por la costa rumbo a la dirección que le había pasado Vane—. No paraste en todo el día.

—Ya sé, pero ni siquiera estoy cansada. —Annabelle bostezó, y Maggie se tapó la boca con la mano para disimular una risita—. Estoy tan despierta que seguro me voy a ir a dormir después de las doce. El tío Vane se va a enojar.

—¿Así que se va a enojar? —Maggie tamborileó los dedos sobre el volante—. ¿Y qué dice cuando se enoja?

—Dice: «Tienes que ir a dormir, estás en crecimiento» —respondió Annabelle, poniendo voz grave y moviendo el dedo índice para imitar a su tío—. «Si no te vas a dormir ahora, mañana no vas a tener un buen día».

Maggie se echó a reír.

—A mí no me parece que eso sea enojarse, Annabelle. Más bien me parece que le interesa que tengas un buen día.

—Puede ser…

Annabelle refunfuñó y volteó hacia la ventana. Maggie se quedó mirándola un momento, aunque no sabía bien qué estaba buscando. Le había parecido una idea brillante ofrecerse a llevar a Annabelle a la casa de playa luego de la excursión. El señor McClellan se veía tan cansado y triste durante la reunión que no había resistido las ganas de hacerlo feliz. Ofrecerle ayuda le había salido automáticamente. Estaba segura de que, al escuchar su propuesta, él iba a sonreír y sentirse aliviado, incluso agradecido, quizás. No obstante, él se había limitado a suspirar y aceptar con actitud desganada, y había garabateado su firma en la autorización antes de marcharse. Maggie se mordió la mejilla por dentro. Todavía tenía fresca la sensación de vergüenza. Una vez más, no había logrado descifrar a Vane.

Maggie nunca había tenido ese problema. Al contrario, siempre le caía bien a todo el mundo. Y Vane McClellan, ese hombre de pómulos marcados y ojos oscuros e inquietantes, era una persona a la que realmente quería caerle bien. Quizás hasta más que bien, si era cien por ciento sincera. Hubiera sido lindo poder tener una reunión con Vane en la que no sintiera que lo estaba atacando. Ese era otro de los motivos por los que se había ofrecido a ayudarlo. En pos de su salud mental, necesitaba tener una conversación con Vane McClellan en la que él no se pusiera a la defensiva. Hasta el momento, todas las llamadas, notas y correos electrónicos que habían intercambiado (y ahora se sumaba esa reunión cara a cara) habían terminado en una confrontación. No terminaba de entender por qué Vane la veía como su contrincante y, además de confuso, le resultaba enloquecedor. Tenía que enmendar la situación.

—Va a llover —anunció Annabelle. Parecía preocupada.

—No tengas miedo —la tranquilizó Maggie—. No te va a pasar nada.

—Ya sé que no me va a pasar nada —replicó Annabelle con tono sarcástico—, pero no me gustan las tormentas. Odio los ruidos fuertes.

—Yo también.

Maggie miró con aprehensión las nubes oscuras que se estaban amontonando en el cielo, hacia el oeste. Se habían robado el último atisbo de luz que quedaba en el horizonte, y ya se estaba haciendo de noche. Algo nerviosa, Maggie pisó el acelerador apenitas más fuerte.

—Mi niñera no va a estar —le informó Annabelle, cambiando de tema en un segundo como solo los niños son capaces de hacer—. El tío Vane dijo que usted dijo que era simpática, pero no es cierto.

Maggie sujetó el volante con más fuerza para evitar dar un volantazo.

—¿Hablas de Helen? —le preguntó. Vane le había mandado un correo electrónico el mes anterior para pedirle una lista de recomendaciones, ya que necesitaba contratar una nueva niñera para Annabelle—. A mí me pareció simpática. —Al menos, mucho más simpática que la sargento que Vane había contratado en primer lugar, pensó Maggie. Todavía tenía que aguantar las ganas de reír cuando Annabelle la llamaba «Amargada McMandona».

—Quizá sí —respondió Annabelle a la ligera—. Pero no quería que me cuide, así que la espanté.

Maggie tragó saliva.

—Annabelle —le dijo con su mejor voz de maestra—. ¿Qué hiciste?

—¡Le puse un sapo en la cama! —exclamó ella, echándose a reír—. Gritó muy fuerte, igual que en las películas. ¡Fue genial!

—No fue genial, fue cruel, Annabelle. Me decepcionas.

Maggie volvió a mirar por el espejo retrovisor, y vio que Annabelle estaba frunciendo el ceño.

—No quiero tener niñera —declaró la niña, cruzando los brazos sobre el pecho con expresión decidida.

—Ay, Dios —murmuró Maggie por lo bajo. Pobre Helen. Era una mujer encantadora. Quizás ese era el problema: era demasiado buena. Ojalá que la próxima niñera que contratara Vane tuviera más carácter. Y que no le molestara tener a un anfibio entre las sábanas de vez en cuando.

Maggie no sabía qué había esperado encontrar. Cuando Vane mencionó «una casa histórica», se había imaginado una mansión en ruinas salida de Downtown Abbey. Luego, había dicho «casa de playa», y Maggie se había imaginado una cabaña destruida y asolada por tormentas de arena. Pero la casa no era ninguna de las dos cosas.

—¿Esta es la casa de playa de tu tío? —le preguntó a Annabelle.

La niña se encogió de hombros. Parecía cansada.

—Creo que sí. El tío Vane dice que vine cuando tenía cuatro años, pero no me acuerdo. Parece una casita de jengibre.

Maggie bajó la velocidad para ingresar en la entrada circular.

—Totalmente —concordó mientras observaba la majestuosa casa victoriana que se erguía frente a ella. Desde las molduras talladas con mucho detalle hasta el porche amplio y acogedor, todo irradiaba lujo, pero también buen gusto. Además, era de tamaño bastante modesto. Estaba claro que no era la propiedad palaciega donde podría haber vivido un multimillonario con los ingresos de Vane. Era casi… hogareña.

Maggie se descubrió sonriendo mientras estacionaba. La casa le recordaba muchísimo a uno de los lugares donde había vivido con su madre. Los inviernos en la playa siempre eran tranquilos y, aquel invierno en particular, la única fuente de entretenimiento de Maggie había sido seguir al propietario de la posada a todos lados mientras él hacía arreglos antes de que comenzara la temporada de vacaciones. Maggie había compartido con él incontables almuerzos con sándwiches de jalea y mantequilla de maní —algo que nunca había podido comer, dado que su madre seguía una dieta macrobiótica— en un porche muy parecido al que estaba viendo ahora. Luego, con la panza llena del prohibido pan blanco y de alérgenos, Maggie le había hecho una pregunta tras otra hasta que el hombre había cedido y le había regalado una caja de herramientas para ella sola. Maggie había aprovechado esas vacaciones para aprender todo sobre los arreglos de una casa, preparándose, en su cabecita aniñada, para el día en que ella y su madre dejaran de mudarse tanto y se instalaran en un lugar como ese.

Por supuesto, ese día nunca había llegado. Y, se decía Maggie, era para mejor. Ella era la clase de persona que necesitaba moverse constantemente. En cambio, Annabelle necesitaba estabilidad. Maggie aún no estaba segura de que pasar el verano en esa extraña casa fuera lo mejor para la niña, pero todas sus preocupaciones desaparecieron en el instante en que se prendió la luz del porche y Vane salió a recibirlas.

Él era alto, tenía hombros anchos y la contextura atlética de un nadador. Durante su reunión, verlo intentar meter su cuerpo enorme en un escritorio infantil la había hecho sentir tan incómoda como el fuego verde de su mirada. Vane era pura intensidad; incluso el modo en que estaba parado en el porche, con los pies separados al ancho de la cadera y los antebrazos musculosos cruzados sobre el pecho varonil, le daba a Maggie la sensación de ser un acto deliberado.

Vane McClellan parecía… permanente. Sólido, real e intenso. Hasta su sonrisa y la muesca profunda de un hoyuelo en su mejilla izquierda transmitían la idea de que él había elegido concederle esa sonrisa a ella. Y que era un honor reservado para unos pocos privilegiados.

De pronto, Maggie sintió la boca seca y desvió la mirada, consciente de que lo estaba mirando fijo.

—¡Ahí está tu tío Vane! —le dijo a Annabelle. Una gota de lluvia le golpeó la espalda al salir apresurada para abrirle la puerta—. ¿No lo vas a saludar?

—No hace falta —dijo Vane, y Maggie se sobresaltó al sentirlo tan cerca—. ¿La pasaste bien?

Maggie se sonrojó y estaba a punto de balbucear una respuesta cuando se dio cuenta de que él le estaba hablando a Annabelle. Entonces, se sonrojó aún más.

—¡Sí! —Annabelle suspiró y aceptó la palmadita de su tío con una sonrisa burlona—. Me subí a la montaña rusa seis veces seguidas y casi vomito —agregó y miró a Vane, como esperando que reaccionara espantado.

Él se llevó la mano al corazón con gesto dramático.

—Eres mucho más valiente que yo.

Annabelle asintió como si fuera sabido.

—Ya lo sé, tío. Por cierto, se te está mojando la camisa —dijo ella y, sin más, entró deprisa a la casa.

Maggie soltó una risita.

—Sin dudas, es muy observadora. ¡Ay!

De golpe, un trueno resonó en el cielo y se escuchó su eco en el agua.

—Entra —la apuró Vane mientras la lluvia empezaba a caer con fuerza.

Maggie se mordió el labio.

—Ya debería ir volviendo. —Echó un vistazo hacia la casa y luego a Annabelle, que estaba a salvo en el pasillo de entrada. Maggie pasó el peso de un pie al otro, indecisa. Marcharse era más difícil de lo que había pensado—. ¿Van a pasar el verano aquí los dos? Annabelle me comentó lo que pasó con Helen. ¿Ya encontraste otra niñera?

Vane apretó los labios en una mueca de fastidio. Una gota se deslizó hasta la punta de su nariz y se la limpió de un manotazo, irritado.

—Aún no.

La curiosidad pudo más, y Maggie lo siguió al interior de la casa. Se escurrió el agua del pelo mientras el fragor de otro trueno hacía vibrar las paredes.

—¿Necesitas que te recomiende a alguien más? —le preguntó a Vane. Sentía que no podía marcharse sin saber que Annabelle iba a estar bien cuidada durante el resto del verano.

—No, gracias. Yo me encargo —respondió él. Hizo una pausa y miró a Annabelle con los ojos entrecerrados. Ella sonrió con dulzura—. La que recomendaste era… buena.

—Pero no tenía sentido del humor —añadió Annabelle, con aspecto satisfecho.

—No empieces, Annabelle. —Vane se pasó los dedos por el pelo oscuro—. Para serte sincero, esta remodelación me está llevando bastante tiempo. Pensé… —Extendió las manos antes de continuar—. Se me ocurrió que la puedo cuidar yo por un tiempo. Al menos hasta encontrar a la persona indicada. —Cuando volvió a mirar a

Annabelle, tenía el semblante más sereno—. Después de todo, soy su tutor. Alguien, en algún momento, consideró que yo era la persona adecuada para asumir esa responsabilidad.

La parte de Maggie más bondadosa, dulce, amante de los cachorritos y salvadora de plantas moribundas insistía en que eso era muy tierno y conmovedor. Pero su parte de maestra, la que siempre estaba alerta y buscaba el bienestar de sus alumnos, se molestó.

—¿Estás seguro de que es lo mejor? —le preguntó y, sonriéndole alegremente a Annabelle, le dijo—: ¿Nos podrías dejar a solas un momento? Tenemos que hablar cosas de grandes.

Una vez que Annabelle se alejó lo suficiente como para no poder escucharlos, Maggie volteó a mirar a Vane.

—Mira, ya sé que estás haciendo todo lo que puedes.

—Ah, ¿sí? —replicó él secamente—. Jamás me hubiera dado cuenta.

—Pero eso no importa. Lo que importa es que Annabelle necesita a alguien que la ayude a abrirse. Que la ayude a resolver sus problemas y le dé toda su atención. En serio, Vane, le falta mucho en términos de socializar.

Él cruzó los brazos, y ella levantó el mentón y se negó a desviar la mirada. Solo porque Vane fuera alto y apuesto y tuviera un magnetismo inquietante y una voz profunda e imponente que podía sentir hasta en los dedos de los pies no significaba que pudiera tratar de intimidarla. Decidida, ella también cruzó los brazos y esperó a que él asimilara lo que acababa de decirle.

En ese momento, se vio el destello de un rayo y, al mismo tiempo, se oyó el bramido de un trueno. Vane desvió la mirada primero, para alegría de Maggie, y miró por la ventana.

—Rayos —murmuró.

Maggie cedió a la tentación de mirar también.

—Uh —dijo en un hilo de voz.

La lluvia caía a cántaros contra los grandes ventanales de vidrio. El paisaje se había transformado en un manchón desdibujado; solo se veía un remolino gris y negro. Maggie comprendió que volver manejando iba a ser imposible, y luego se maldijo por haberse quedado tanto tiempo ahí. Pero… Annabelle.

—Quisiera saber si en serio… —Un trueno ensordecedor resonó en toda la casa y, al instante, quedaron sumergidos en total oscuridad —. ¡Ah! —gritó Maggie. Víctima de la ceguera repentina, se dio vuelta y buscó una pared para ubicarse. Pero ninguna pared era tan calentita. Ni se sentía tan sólida.

—Tranquila —le dijo Vane. Le agarró la mano y la acercó hacia él —. Es solo un corte de luz.

Maggie tragó saliva. El brazo de Vane era pesado y la reconfortaba sentirlo sobre los hombros. La reconfortaba más de lo que debía permitirse. Sin pensar, se dio vuelta y se dejó envolver por su cálida presencia. Entonces, un alarido resonó desde el pasillo. Un grito agudo e inhumano de puro pánico. Vane dejó caer el brazo al instante.

—¡Annabelle! —exclamó—. No te preocupes, ¡ahora te llevo una luz!

Maggie se quedó completamente inmóvil, varada en esa oscuridad desconocida. Intentó adivinar lo que estaba pasando guiándose por los sonidos. Pasos rápidos yendo hacia el pasillo. Un crujido, luego, un repiquetco y, todo el tiempo, los gritos de Annabelle que le partían el corazón.

—¡Ya está! —dijo Vane.

Un rayo de luz rompió la oscuridad. Vane abrió la puerta del baño y dejó caer la luz al arrodillarse. Dos sombras, una grande y una pequeña, abrazadas en la pared. Maggie tragó saliva y se secó los ojos.

—Tranquila —susurró Vane—. Tengo la luz. Ten, ¿quieres agarrarla?

Annabelle se aferró a la linterna y se la llevó al pecho. Vane asintió, prendió la segunda linterna e iluminó a Maggie.

—Si se cortó la luz, el puente va a estar cerrado. No vas a poder marcharte por ahora —le dijo, esbozando una sonrisita—. Supongo que vas a tener que pasar la noche aquí.

# 3

M aggie se estiró debajo de las mantas y respiró profundo. Vane le había dicho que esa era la «habitación de huéspedes» con una sonrisa irónica mientras acomodaba una montaña de cajas contra la pared.

—Perdón por el estado del hospedaje —le había dicho más de una vez—. Todo está hecho un lío por la remodelación.

Maggie también se sentía hecha un lío. Cerró los ojos y giró hacia el costado, con la esperanza de que el sueño se apoderara de ella. Una noche. Solo necesitaba quedarse ahí una noche. Y quizás, por la mañana, Vane resolvería la situación con la niñera y ella podría marcharse con la conciencia tranquila. Exhaló profundamente y asintió. Sí. Todo se iba a resolver por la mañana. Esto era solo un pequeño inconveniente.

Ya estaba quedándose dormida cuando un alarido desgarrador la sobresaltó, y se sentó de golpe en la cama.

—¿Annabelle? —preguntó, olvidando todas sus preocupaciones con respecto al día siguiente. Su alumna favorita estaba gritando como una condenada. ¿Por qué?—. ¡Ya voy! —exclamó. Se levantó de la cama de un salto y fue corriendo por el pasillo con el corazón desbocado. ¿Por qué gritaba?—. ¡Ya voy, Annabelle!

—¡No, no vas nada! —masculló una voz en la oscuridad. Maggie se chocó contra el brazo extendido de Vane y retrocedió.

—¿Qué haces? Déjame pasar, ¡Annabelle necesita ayuda! —protestó Maggie, empujándolo en vano—. ¡Basta!

—Yo me encargo —gruñó Vane—. Quédate aquí. —Sin más, asomó la cabeza en el dormitorio. Adentro, Annabelle sollozaba y pataleaba en la cama. Instintivamente, Maggie se acercó para ayudarla, pero Vane la detuvo otra vez—. Te dije que te quedaras aquí. ¿Annabelle?

Annabelle gritó, se dio vuelta y comenzó a patear la pared.

—Aléjate —le advirtió Vane a Maggie.

—¿Qué le pasa?

Sin responder, Vane tan solo se quedó allí, pellizcándose el puente de la nariz, mientras Annabelle gritaba sin cesar. De pronto, Maggie comprendió todo.

—¿Está dormida? —preguntó.

—Sí. Tiene terrores nocturnos —respondió él con expresión sombría.

—¿Por qué no la despiertas? ¡Es horrible!

—Ya sé. Pero el médico dice que, si la despierto, podría empeorar.

—¿Hablaste con su médico sobre esto?

Vane le echó una mirada glacial.

—Por supuesto que sí.

—¿Se pone así todas las noches?

Vane parecía furioso.

—Claro que no —respondió, y le cambió la cara—. Al principio, sí. Pero estaba mucho mejor… hace casi dos meses que no le pasaba. A veces, mi voz la tranquiliza. Pero otras, como ves, la pone peor. —Vane apoyó una mano en el hombro de Maggie y le dio un empujoncito—. Vamos, dejémosla tranquila.

Maggie se dejó guiar de vuelta hacia el pasillo, pero cuando los gritos de Annabelle se convirtieron en gemidos, ya no pudo soportarlo.

—¡Cielo! —exclamó. Se escabulló debajo del brazo de Vane y fue corriendo junto a Annabelle—. Cielo, shhh. Shhh, tranquila. —Le acarició la frente sudada y continuó—: Shhh.

Annabelle se puso dura como si hubiera recibido una descarga eléctrica. Dejó de gemir y, tras voltear hacia la mano de Maggie, soltó un suspiro profundo… Y se hizo silencio. Vane gruñó desde el pasillo.

—Nunca había pasado eso.

Al oírlo, Maggie sacó la mano de la frente de la niña.

—Perdón. Es que no soportaba ver…

—No hay problema. Claro que no hay problema. Por Dios, gracias.

Una sensación cálida inundó el pecho de Maggie.

—No es nada. ¿Nos vamos a acostar o esperamos?

Vane le echó un vistazo a la niña y asintió.

—Creo que podemos ir a dormir. Está desmayada —dijo. Volvió a mirar a Maggie y repitió—: Gracias.

Ella sonrió. Su gratitud la hacía sentir resplandeciente. Se tocó la cara mientras volvía a la habitación repleta de cajas y, con vergüenza, notó que tenía las mejillas muy calientes y se sonrojó aún más.

—Qué bueno que ayudé —murmuró para sí antes de acurrucarse bajo las sábanas. A los pocos segundos, ya estaba dormida.

Maggie se despertó sobresaltada por segunda vez. Confundida, se levantó de un salto y se chocó contra una pila de cajas que cayeron al piso una tras otra. Annabelle estaba gritando otra vez. Vane ya estaba junto a ella, susurrándole y tranquilizándola. Le acarició la frente y luego se alejó para esquivar sus golpes, pues la niña se sacudía para todos lados.

—Déjame probar —le suplicó Maggie, arrodillándose junto a él—. Annabelle, linda, shhh, tranquila.

Annabelle pegó una patada y Maggie tiró la cabeza hacia atrás, pero fue muy lenta. El talón de la niña le dio de lleno en el mentón; los dientes se le golpearon entre sí y los ojos se le llenaron de lágrimas.

—Mierda, ¿estás bien? —le preguntó Vane, y la sostuvo antes de que llegara a caerse.

—Sí. —Maggie negó con la cabeza e hizo una mueca—. Por desgracia, no es la primera vez que un alumno me patea la cara. Annabelle, cielo, shhh.

Vane negó con la cabeza.

—No está funcionando —dijo. Le agarró la mano a Maggie y, con cuidado, la ayudó a levantarse—. Mejor esperemos afuera.

—¿Cómo hacías cuando pasaba todas las noches? —preguntó Maggie. Los gritos de Annabelle le partían el corazón—. Debe haber sido horrible.

—Se podría decir, sí. —Vane suspiró y miró el techo—. Pero mejoró. Las noches se volvieron más tranquilas, pero los días se volvieron peores. Ya espantó a dos niñeras, y me parece que se empezó a correr la voz, porque no logro encontrar a una nueva. No fui del todo sincero cuando te dije que no había empezado a buscar. La verdad es que ya no sé qué más hacer. —Vane se pasó la lengua por los dientes inferiores y agregó—: Me… estoy empezando a preguntar si soy la persona indicada para cuidarla…

A Vane se le quebró la voz y, sin pensarlo, Maggie lo rodeó con los brazos. Él se puso un poco tenso, pero luego, de a poco, se fue relajando y suspiró. Ella apoyó la cabeza en su hombro. Le gustaban los abrazos. La conexión humana no se trataba solamente de palabras y, a veces, las palabras no alcanzaban para decir lo que quería decir. Pero, mientras presionaba su cuerpo contra el de Vane, lo que había empezado como el deseo de consolarlo se fue transformando en el deseo de… algo más.

Él dio vuelta la cabeza, de modo que le rozó el cuello con los labios. Con una mano, Vane le recorrió la espalda hacia arriba, hasta sujetarle el cuello con actitud posesiva. Ella jadeó cuando sintió que la otra mano hacía el recorrido inverso, y se paró en puntas de pie. Entonces, retrocedió con un resoplido. Si quedarse a dormir allí era inapropiado, restregarse contra él era sencillamente escandaloso. Maggie levantó las manos para alejarlo, pero él debió malinterpretar el gesto, o quizá ya estaba demasiado ido, porque, en vez de retroceder como ella esperaba, entrelazó sus dedos con los de ella y agachó la cabeza.

—Solo… necesito que ella tenga a alguien con quien contar. Solo por un tiempo. Para ganar tiempo mientras veo cómo resolver todo.

Para Maggie, verlo tan abierto y vulnerable era casi tan angustiante como oír los gritos de Annabelle. Por eso, aunque quería soltarle la mano, terminó agarrándolo aún más fuerte.

—Pero ese eres tú —le aseguró, moviendo las manos y, por lo tanto, también las de él, para reforzar sus palabras—. Para bien o para mal, tú eres la persona con la que cuenta. Su tutor. Tienes que tenerte más confianza, Vane. Quieres mucho a Annabelle, me doy cuenta, solo… —Maggie se interrumpió, pues se le acababa de ocurrir una idea. Era brillante, la verdad. La solución perfecta para todo—. Solo necesitas tener a alguien en quien confíe. —Se lamió los labios y sonrió—. Y ella confía en mí.

Vane dejó caer las manos.

—¿Qué estás diciendo?

—Yo podría ser su niñera —propuso Maggie—. Tu refuerzo. Estarías más cómodo sabiendo que hay otro adulto a cargo mientras te acomodas.

—Es… una oferta muy generosa…

—Sería solo por un mes —le advirtió Maggie—. Quiero tomarme vacaciones antes de empezar en mi nuevo trabajo.

—Seis semanas —soltó él.

—¿Perdón?

—Quiero contratarte por seis semanas, no solo un mes. Es lo que tardaré en hacer la remodelación.

Maggie entrecerró los ojos.

—No sé si eso va a…

Un alarido de Annabelle la interrumpió a mitad de la oración. Ella y Vane se dieron vuelta hacia el pasillo. Él se llevó la mano a la boca y una expresión de infinita tristeza le atravesó el rostro.

Toda su vida, a Maggie le habían dicho que era una sensiblera. ¿Y eso qué tenía de malo?, se preguntó. ¿Qué tenía de malo ayudar a los que lo necesitaban?

—Bueno —accedió, tocándole el hombro—. No te preocupes. Me voy a quedar. Te voy a ayudar.

# 4

Vane no se consideraba adicto a la cafeína *per se*. El café era una herramienta. Una herramienta que lo ayudaba a sobrellevar el día a día. Toda su vida había padecido de insomnio y estaba acostumbrado a despertarse sintiendo que no había dormido nada, o sintiéndose incluso más cansado que la noche anterior. La mayoría de las mañanas necesitaba al menos dos tazas del café más negro y puro que pudiera preparar para terminar de abrir los ojos.

Esa mañana, no obstante, se despertó con el paisaje del cielo despejado y el sol radiante, y se sintió descansado y restaurado como nunca había creído posible, del modo en que mostraban en las películas de Hollywood y que él siempre había creído que era una mentira para que uno se sintiera mal.

Vane se incorporó en la cama e intentó ubicarse. Estaba en la casa de veraneo, por empezar la remodelación, eso lo tenía claro. Pero, más allá de eso, se sentía totalmente distinto. Más liviano y menos agobiado. Era como si la tormenta de la noche anterior hubiera barrido todas sus preocupaciones, y solo quedara el cielo límpido y luminoso, y el sol matutino. Toda la agitación de la noche anterior parecía un recuerdo lejano.

Pero el abrazo de Maggie estaba tan fresco como si se acabaran de soltar. Vane se recorrió los brazos con los dedos, marcando los lugares donde se habían tocado. Para él, los abrazos siempre habían sido una especie de obligación, algo que había que tolerar porque era lo que se esperaba de él, pero el abrazo de Maggie había sido genuino. Ella le había dado algo al entregarle el regalo de su cercanía. Era algo personal. Especial. Y le había penetrado la piel de tal modo que podía jurar que aún sentía ese abrazo, horas después. De golpe, Vane sintió una sacudida y se levantó. Se puso a caminar en círculos en el medio de la habitación mientras se acariciaba el pelo una y otra vez.

—Mierda —masculló para sí—. Termínala con estas idioteces ahora mismo.

Fuera lo que fuera ese sentimiento, tenía que dejar de sentirlo de inmediato. Lo de Maggie era temporal. Había accedido a quedarse ahí seis semanas, ni un día más, así que sería una estupidez empezar a pensar en otras formas de tocarse... y en formas de asegurarse de que ella también lo siguiera sintiendo a él horas después.

—Basta —se reprendió otra vez. Caminó hacia la ventana y se quedó mirando sin expresión alguna la playa de arena blanca que yacía frente a sus ojos. Exhaló profundamente y hundió las uñas en la madera suave del alfeizar—. Termínala. Ya.

—¡Bueno!

La voz de Annabelle llegó flotando desde abajo, como una respuesta. La puerta mosquitera se abrió de repente y ella salió corriendo hacia la arena, todavía descalza y en camisón. Su cabello fino y claro flotaba sobre su espalda mientras ella chillaba y reía. Se acercó a la orilla del agua y se dio vuelta.

Vane hundió las uñas en la madera con más fuerza. Maggie estaba corriendo por la arena en dirección a Annabelle.

—¡No vas a escaparte! —le gritó—. ¡Te voy a salpicar!

Annabelle soltó un chillido de alegría que conmovió a Vane. La imagen de las dos abrazadas en la arena era una representación tan perfecta de la felicidad que, sin pensarlo, Vane se dio vuelta para salir y acompañarlas, pero se detuvo con un gruñido y, una vez más, se acarició el pelo. Si iba a terminar la remodelación en tiempo y forma, tenía que concentrarse en eso. No en jugar a la mancha con su sobrina y la niñera. Sí. Maggie era la niñera, y no podía arruinar esa relación. Annabelle necesitaba que la cuidara alguien en quien confiara mucho más de lo que Vane necesitaba saber cómo se veía Maggie desnuda.

«Seguro tiene un cuerpo espectacular». La idea se le vino a la cabeza cuando estaba en la ducha y, soltando un gruñido, Vane pasó unos minutos bailando bajo el agua helada hasta acomodar sus ideas. Además, no tenía ni un minuto que perder. Se estaba poniendo su típico uniforme de trabajo —un par de resistentes pantalones caqui y una simple camisa blanca con las mangas arre-mangadas— cuando le sonó el celular.

—¡Tío Vane! —lo llamó Annabelle desde abajo—. ¡Vino un hombre!

—Ya voy, cielo. —Vane se llevó el teléfono a la oreja—. Supongo que estás abajo.

—El tiempo es dinero, McClellan.

Al Raymond era uno de los mejores contratistas de la zona, y lo sabía. Lo que más le gustaba a Vane era que Al nunca intentaba adularlo. Otros contratistas con los que había trabajado se mostraban demasiado fascinados y agradecidos de poder trabajar con el renombrado arquitecto Vane McClellan, a tal punto que terminaban siendo sumisos. Al, en cambio, nunca dudaba en decirle a Vane si sus ideas y sus planes eran factibles o no. Y siempre se lo decía del modo más sarcástico posible. Un buen ejemplo de eso era el modo en que saludó a Vane cuando fue a abrirle la puerta:

—¿Interrumpí tu sueño reparador, bonito?

—No critiques si no has probado. Y, por la cara que tienes, te vendría bien descansar un poco —respondió Vane con una sonrisa, al tiempo que aceptaba el fuerte apretón de manos que le ofrecía Al. Él sonrió.

—Y quizás a ti te vendría bien pasar más tiempo despierto. Si sigues durmiendo tanto, te vas a levantar igualito a ella —dijo Al y, levantando las cejas, miró a Maggie con admiración—. ¿Nueva niñera? ¿De dónde la sacaste?

—Es solo temporal —dijo Vane de mala manera. De pronto, se sentía fastidiado.

—Qué lástima.

—¿Lo dices porque voy a tener que empezar a entrevistar gente otra vez en menos de un mes?

—Exacto. Justamente por eso lo digo.

Vane entrecerró los ojos.

—Es la maestra de Annabelle.

—A mí me gustaría enseñarle un par de cosas. —Cuando vio la cara que puso Vane, Al se echó a reír—. O mejor no, ya que parece que quisieras matarme solo porque la miré. Está bien, dejemos de hablar de tu linda Mary Poppins y transformemos este basurero en un lugar habitable.

A su pesar, Vane sonrió.

—El tiempo es dinero, Al. Me gustaría que dejaras de dar vueltas.

Al resopló y soltó un silbido. Al oír la señal, su pequeño ejército de empleados bajó de las camionetas que estaban estacionadas frente a la puerta. Vane se frotó las manos. Por fin estaba pasando. Después de tanta planificación y papeleo y de casi triplicar el presupuesto inicial, se sintió un poco desconcertado al ver el modo casual en que empezaba la remodelación. Ningún espectáculo, ninguna explosión. Solo un grupo de tipos tomando medidas e insultando bienintencionadamente a las madres de sus compañeros. Para ellos, era solo un trabajo más, pero para él, era mucho más que eso. Esa casa era su refugio de la infancia. El lugar que atesoraba en su corazón. El escenario de sus recuerdos más felices.

La importancia que tenía la historia de la casa le había pesado cuando había empezado a planear la remodelación. ¿Iba a poder tomar la distancia suficiente de la nostalgia para hacer un buen trabajo? Ese pensamiento lo había mantenido en vela muchas noches previo a su llegada allí el día anterior. Pero, ahora que por fin estaba pasando, era fácil adoptar el rol de arquitecto en lugar del rol de propietario preocupado. Saludó a todos y se presentó al capataz y a los albañiles; les dio la mano y se aseguró de que tuvieran todo lo necesario para empezar. Esa era la parte divertida, el comienzo esperanzador de cualquier proyecto, cuando aún estaba dentro del presupuesto y la fecha límite aún estaba lejos como para pensar que era perfectamente posible terminar para entonces.

Vane silbó por lo bajo mientras doblaba en la esquina de la casa; de golpe, frenó en seco al principio del muelle y se quedó mirando. Maggie estaba metida hasta los tobillos en las olas espumosas. La brisa fuerte que soplaba luego de la tormenta hacía que se le pegara la camiseta al cuerpo y, al mirarla, a Vane se le secó la boca.

Maggie señaló la orilla y luego se echó a reír cuando Annabelle fue corriendo hacia ella, cargada de baldes y palitas. Estaban juntando las conchas de mar que la tormenta había arrastrado hasta la orilla, comprendió Vane sonriendo. Cuando era chico, él hacía lo mismo luego de cada tormenta, y regresaba a la casa con una colección arenosa y apestosa que su madre festejaba con orgullo. Las mejores conchas de mar siempre eran las que se acumulaban en la pequeña ensenada que estaba al sur de su playa privada, pero ellas no tenían modo de saberlo. De un salto, Vane bajó del muelle y fue deprisa por la arena para decírselo.

—¡Hola! —lo saludó Maggie. Se protegió los ojos del sol con una mano y le sonrió—. Veo que te gusta madrugar.

—Y a ustedes también —respondió él con una sonrisa. Con suavidad, le tocó el hombro a Annabelle—. Buenos días. ¿Me das un abrazo? —le preguntó.

—Bueno. —Annabelle apoyó la cabeza en el pecho de Vane y lo abrazó—. Estamos juntando conchas de mar.

—Las mejores están por allá, ¿sabes? ¿Ves esa parte donde el agua baja un poco? Es una poza de marea. Si vamos ahí, seguro vas a juntar un montón.

—¡Tú no vengas! —repuso Annabelle con tono mandón—. Quiero hacerlo yo sola.

Vane apretó los labios.

—Me gustaría mirarte.

—Mírame desde aquí —le ordenó Annabelle—. Usted también —le dijo a Maggie—. Quédense aquí. Voy yo sola.

—Ve, entonces —respondió Maggie con una sonrisa. Annabelle salió disparada por la arena y luego se dio vuelta a mirarlos—. ¡Nos vamos a quedar aquí! —le aseguró Maggie riendo—. ¡No te preocupes!

—¡Siéntense! —ordenó Annabelle—. Ahí mismo.

—¿Aquí? —preguntó Vane, dejándose caer sobre la arena.

Annabelle se cruzó de brazos hasta que Maggie volvió a reír e, imitando a Vane, se sentó ella también. Junto a él. El brazo de ella rozó apenas el suyo, y una corriente eléctrica le recorrió todas las partes que aún ardían por el contacto de la noche anterior. Vane tosió, se tapó la boca con la mano y le pegó un codazo con actitud apenada.

—Perdón —le dijo—. Los terapeutas dicen que es importante que Annabelle sienta que tiene el control de la situación.

Maggie también le pegó un codazo.

—No te disculpes. Me encantó que le pidieras permiso antes de abrazarla.

Él sonrió.

—¿Me estás diciendo que te pida permiso antes de hacer esto? —preguntó y volvió a pegarle un codazo, esta vez un poco más fuerte.

Ella sonrió y se le formaron unos hoyuelos adorables en las mejillas.

—Me parece una buena idea.

—Bueno, Maggie, ¿puedo…?

—¿Intentar derribarme? ¿Eso es lo que quieres hacer?

A decir verdad, Vane no tenía ni idea de qué quería hacer.

—Vamos —la provocó—. No eres ninguna debilucha, se nota. —Vane se apoyó contra su brazo, y ella rio y apoyó una pierna en la arena. Luego, lo empujó con tanta fuerza que él tuvo que extender el brazo para no caerse, y Maggie se echó a reír, triunfante—. No me lo vi venir —admitió él riendo.

—Mejor. No quisiera ser predecible.

Maggie se sujetó el pelo con una mano y se lo recogió en un rodete. Era la mujer más seductora que Vane había visto en su vida. Él se lamió los labios y estaba a punto de preguntarle si podía apoyar otras partes de su cuerpo contra otras partes del cuerpo de ella cuando un grito de Al arruinó sus planes.

—¡McClellan!

Soltando un gruñido, Vane se puso de pie.

—Mejor voy a ver qué quiere.

Maggie asintió.

—¡Annabelle! ¿Quieres desayunar?

—¿Cinco minutos más? —suplicó Annabelle.

Maggie frunció la nariz.

—¡Está bien! —respondió, y le sonrió a Vane—. En realidad, soy yo la que lo necesita. Si no desayuno, me pongo de mal humor.

—¡Vane! —volvió a llamarlo Al—. ¡Está el tipo de los permisos!

—Ah, mierda. —Vane se pasó los dedos por el pelo. Que los inspectores aparecieran en la obra nunca era una buena señal, y que cayeran de sorpresa era incluso peor—. ¡Ya voy!

Se dirigió deprisa a la casa, y saltó el muelle en lugar de subir las escaleras. Cuando llegó, se acomodó la camisa y le tendió la mano al inspector.

—Vane McClellan. No sabía que vendría.

—Ya lo sé. Fue a propósito —respondió el inspector, y aceptó la mano que le ofrecía Vane como si le estuviera dando un pescado podrido—. En el registro figura que esta es una propiedad histórica...

—Lo tengo muy claro, ya que se trata de la historia de mi familia.

El inspector echó un vistazo a su carpeta.

—Entonces entenderá que tengo la obligación de asegurarme de que no se esté llevando a cabo ninguna construcción sin autorización.

Vane se tragó la rabia.

—Por supuesto. Acompáñeme.

Habiendo tenido que lidiar con muchos burócratas en su vida profesional, Vane sabía que se alimentaban de una mezcla de adulación e ignorancia fingida. Si le decía a ese hombre que el cielo era azul, iba a resoplar exasperado y le iba a recitar exactamente en qué párrafo de la ordenanza de la ciudad decía que el cielo era verde. Con esa clase de personas, era mejor no compartir nada de información. Lo que más les gustaba era poder descubrir todos los problemas sin ayuda.

El inspector ya había señalado alegremente las vigas podridas y las tejas deterioradas que Al y él ya habían tenido en cuenta para cambiar en la remodelación, pero, por supuesto, Vane había emitido todos los sonidos de aprobación correspondientes, y el inspector ya estaba por irse cuando Maggie se acercó a saludarlo.

—¡Hola! —le dijo con una sonrisa alegre—. Soy Maggie. —Señalando la casa, le preguntó—: ¿Vino por el problema de humedad?

Vane se quedó helado. Al masculló un insulto. El inspector agarró su bolígrafo.

—Disculpe, ¿quién es usted?

Maggie esbozó una sonrisa encantadora.

—Soy la niñera. Pero trabajé con un empleado de mantenimiento. Bueno, trabajar es una forma de decir, porque yo tenía diez años. Pero bueno, la cuestión es que aprendí bastante de él, por eso me doy cuenta de que hay humedad en los cimientos, ahí —explicó, señalando la casa.

—Por todos los cielos —gruñó Al.

—Su niñera —dijo el inspector, pronunciando la palabra con una mueca de desagrado— tiene razón. Si hay humedad en los cimientos, lo más probable es que haya…

—Moho —aportó Maggie alegremente—. Y eso sí que es difícil de sacar. Toda la pared del sótano va a tener que…

—Cambiarse —completó el inspector con una sonrisa perversa. Tomó nota en una hoja de su carpeta y luego miró a Vane—. Va a tener que presentar nuevos permisos para esto.

Vane miró de reojo a Maggie. Ella seguía sonriendo, sin percatarse de los problemas que acababa de causar. Conseguir que aprobaran los nuevos permisos iba a llevar tiempo. Tiempo que no tenía.

# 5

Maggie tarareó para sí mientras recogía las sobras de la cena de Annabelle. Cada vez había menos luz en la habitación, pero todavía no tenía ganas de prender las luces. El cielo aún irradiaba destellos naranjas y magentas en el oeste, las sobras de un atardecer verdaderamente espectacular. El final perfecto para un día perfecto, pensó.

Había sido uno de esos días en los que todo parecía estar alineado. Maggie se había quedado para ayudar y, vaya, sí que estaba ayudando. Le había dado de comer a Annabelle y la había llevado a la cama sin inconvenientes y, hasta ese momento, no había señales de terrores nocturnos. Se detuvo en el medio de la cocina y prestó atención por las dudas. Ni un grito. Maggie sonrió aliviada. Estaba haciendo las cosas bien, de eso estaba segura.

Al oír unos pasos en la escalera, se dio vuelta, ansiosa. Vane había estado casi todo el día trabajando en su oficina. De hecho, desde la visita del inspector, no lo había vuelto a ver. Maggie estrujó el repasador que tenía en las manos. Había estado esperando ese momento. La oportunidad de hablar con él, mano a mano, para decirle lo que había notado luego de pasar todo el día con Annabelle.

Era innegable que Annabelle fuera del aula era una niña completamente distinta. Durante los tres meses que la había tenido de alumna, Maggie se había llevado la impresión de que Annabelle era una niña callada, que se desvivía por complacer a los demás y que, aunque tardaba en tomar confianza, estaba llena de amor para dar cuando uno llegaba a conocerla. Tenía un grupito de amigos con los que pasaba el tiempo y le encantaba compartir todo con ellos porque era muy bondadosa, o por lo menos así la percibía Maggie.

Pero en su casa, era distinta. Parecía frustrada y propensa a hacer berrinches y, cada vez que Maggie le dedicaba atención a otra cosa, como cocinar o hasta ir al baño, Annabelle se portaba mal. Maggie sabía que, para muchos chicos, la atención negativa era igual de buena que la atención positiva, así que intentaba no reaccionar mal cuando Annabelle le desobedecía. No obstante, era casi... desesperado el modo en que intentaba captar su atención.

«Quizá sea eso», se imaginaba diciéndole a Vane. «Quizá solo necesita que le prestes más atención. Tal vez sea así de simple». Estaba bastante segura de que había dado en el clavo, y esa era otra forma en la que podría ayudar durante el poco tiempo que estuviera allí. Y no había nada mejor que sentirse valorada. En serio quería que Vane la valorara. Pero los pasos se habían detenido. Escuchó con atención y luego se reprendió por actuar de forma ridícula.

—¿Vane? —lo llamó.

Él apareció en el pasillo, y Maggie tuvo que hacer un esfuerzo enorme para no mirarlo boquiabierta. Tenía el pelo revuelto y despeinado, como si se lo hubiera estado tocando. Una sombra de barba se asomaba en su mentón, y tenía los párpados pesados de cansancio, lo cual le rompió el corazón, pero el modo en que su pantalón de vestir gris le apretaba las caderas le afectó otra parte del cuerpo. Maggie se obligó a esbozar una sonrisa simpática.

—Ahí estás.

—Aquí estoy —dijo él sin sonreír. Solo se quedó mirándola. Parecía querer decirle algo con la mirada, pero, esa vez, Maggie no se daba cuenta de qué estaba pensando. ¿Estaba contento? ¿Enojado? ¿Cansado? ¿Intrigado? Esa mirada inescrutable podía significar cualquier cosa, y el hecho de no poder descifrarla la hizo sentir inestable, como si estuviera tratando de mantener el equilibrio sobre una banqueta tambaleante. De pronto, se le prendió una señal de alarma en el cerebro. «Cuidado».

—Quería hablar contigo.

—Entonces ven, siéntate —respondió él guiándola hacia el gran salón, con sus grandes ventanales que daban al mar, y se hundió en el cuero untuoso del sofá con un suspiro—. Abrí una botella si quieres tomar —le dijo, señalando la botella de vino que estaba sobre la mesita de vidrio.

—¿Dos copas? —Por algún motivo, Maggie se sintió conmovida. Quizá no iba a tener que tener tanto cuidado después de todo. Quizá su instinto le había fallado. Se inclinó sobre la mesita y se sirvió una copa del líquido carmesí mientras intentaba ocultar su indecisión. No estaba acostumbrada a no entender lo que sentían los demás—. Gracias. Ya que se terminó mi jornada laboral…

Él rio sin soltar la copa.

—Tendría que ser un jefe espantoso para no dejarte tener tiempo libre de vez en cuando.

Ella sonrió y tomó un sorbito. Luego, intentó reprimir un gemido de placer, pero fracasó.

—Ay, Dios. Está delicioso.

—Lo compro por caja cada vez que viajo a la costa este. La verdad, prefiero los vinos de Nueva York antes que los de California. Las uvas son más… sinceras.

Maggie lo miró con las cejas levantadas, y él sonrió.

—¿Qué? Ríete si quieres, pero hay varios *sommeliers* muy famosos que coinciden conmigo.

—Ni siquiera sé si entiendo bien lo que hace un *sommelier*, pero te digo una cosa: este vino es muy rico —dijo ella y bebió de a poco, resistiéndose a la tentación de beber ese néctar brillante de un solo trago.

Vane la miró por encima del borde de la copa.

—Parece que eso no es lo único que vas a decir.

Ella apoyó la copa sobre la mesa y se puso las manos sobre el regazo con actitud recatada.

—¿Cómo te diste cuenta?

—Se te nota en la cara todo lo que piensas, incluso antes de que lo digas. Apuesto a que eres pésima jugando al póker.

—Nunca jugué al póker.

—Qué lástima.

—Nunca tuve tanto dinero como para sentirme cómoda desperdiciándolo.

Él alzó la copa.

—*Touché*. Pero vamos. Suéltalo de una vez. Se nota que te mueres por regañarme sobre algo.

Ella se tomó el vino de un sorbo para disimular su malestar. ¿Regañarlo? ¿Así tomaba él sus consejos, como regaños? Maggie desvió la mirada y la dejó clavada en la línea luminosa que aún quedaba en el horizonte.

—Bueno, quería saber por qué nunca aceptaste mis ofertas de ir a ver cómo se desenvolvía Annabelle en el aula.

—Por trabajo —respondió él a secas.

—Ya lo sé. Muchos padres tienen ese problema. No eres el único —le aseguró ella—. Pero creo que, si hubieras ido, habrías visto cómo manejamos —hizo una pausa para elegir las palabras con cuidado— la disciplina en el aula.

—¿Estás diciendo que no sé disciplinar a Annabelle?

—No, para nada —respondió ella deprisa.

La conversación no estaba saliendo como había planeado. Se había imaginado que él iba a estar mucho más receptivo a escucharla, pero no paraba de interrumpirla. Hasta su lenguaje corporal mostraba que estaba cerrado, mucho más que antes, en la playa, cuando se habían dado empujoncitos amistosos. En ese momento, había pensado que podía hacerse entender.

—Lo primero que hago es asegurarme de que los niños sepan que pueden hablar conmigo de sus problemas y preocupaciones, que me pueden decir lo que sea sin miedo a que yo vaya a reaccionar mal —continuó Maggie. Vane soltó un resoplido sarcástico y ella frunció el ceño, pero insistió—. Sin importar lo simple e insignificante que nos pueda parecer algo a nosotros, para un niño es importante. Por ejemplo, que el chofer del autobús que los pasa a buscar sea otro porque el de siempre se enfermó podría afectar su día entero, y tienen que sentir que pueden contárnoslo. Que pueden abrirse y decir lo que quieran.

—¿Cómo tú?

—¿Qué?

—Nada.

Vane apretó los labios y desvió la mirada. Maggie empezó a sentir una oleada de irritación.

—¿Ves? Esto es justamente a lo que me refiero. Quieres decirme algo. Me doy cuenta. Soy muy buena analizando a la gente.

—Ah, ¿sí? —El tono divertido de su voz hizo que Maggie se irritara aún más—. ¿De verdad crees eso?

—Sí. Y un montón de los problemas del mundo se solucionarían de la noche a la mañana si las personas dijeran lo que quieren decir en vez de guardarse todo. —Maggie asintió, primero despacio y luego más rápido—. Es obvio que Annabelle tiene un montón de sentimientos guardados, y tiene que sentir que puede hablar contigo y expresar lo que le pasa por la cabeza.

—Como hace contigo. Como haces tú con todos.

Maggie parpadeó.

—Sí, claro.

—¿Piensas que Annabelle debería poder decir lo primero que se le venga a la cabeza? —Vane se reclinó hacia atrás y carraspeó; era obvio que estaba haciendo un esfuerzo por no levantar la voz. Maggie se sorprendió al escuchar lo enojado que sonaba—. Mira, en eso no coincidimos, porque yo creo que es muy importante aprender que a veces hay que callarse la boca en vez de decir cualquier cosa sin pensar.

Maggie se cruzó de brazos.

—¿Por qué siento que estás hablando de mí?

—¿Te da esa sensación? Guau, en serio eres muy buena analizando a la gente —replicó él con tono sarcástico. Se inclinó hacia adelante otra vez y bebió toda la copa de un trago. Luego, estiró la mano hacia la botella, pero Maggie le agarró el brazo. Él se quedó quieto y la miró con expresión sorprendida.

—No —protestó Maggie—. Termina de hablar. Dilo.

Vane se echó a reír y se soltó de su agarre.

—Eres increíble.

—¡Tú también!

Vane la miró furioso.

—¿Tienes idea de lo mucho que me perjudicaste hoy?

Maggie se alejó. Sus palabras eran como un puñal clavado en el pecho. Se llevó la mano al corazón.

—¿Yo? ¿Qué hice?

Él volvió a reír con desdén.

—Tu incapacidad de reprimir las ganas de decir lo primero que se te viene a la cabeza me costó un montón de dinero.

Maggie lo miró boquiabierta.

—¿La humedad?

—Tenías razón, claro. Pero ¿hacía falta decirlo frente al inspector?

—No quise… —Bajo la mano, Maggie sentía su corazón latiendo y temblando como un animal aterrado—. No lo…

—¿Pensaste? No. Dijiste lo primero que se te vino a la cabeza.

Ella lo miró con los ojos entrecerrados.

—Bueno, ¿y qué? Tú mismo dijiste que tengo razón. Ibas a tener que ocuparte de ese problema tarde o temprano. Mejor que sea ahora.

—¿En serio? —Vane la miraba como si fuera un extraterrestre, lo cual la hizo enojar más—. ¿O sea que en serio no ves el problema?

—No —dijo Maggie. Por supuesto que lo veía, pero Vane se estaba comportando como un idiota—. No veo ningún problema.

—¿O sea que no te molestaría si, por ejemplo —mientras hablaba, Vane trazaba círculos en el aire con un dedo— yo fuera a una de tus clases mientras la directora te está observando y comentara que estás enseñándoles mal a los niños?

—No. De hecho, estaría agradecida.

—No eres de este planeta. Bueno. ¿O sea que de verdad crees que la gente debería decir cualquier cosa que piense? —Vane se movió un poco y quedó peligrosamente cerca de Maggie. Ella quería retroceder, pero no estaba dispuesta a ceder ni por un instante—. Creo que no te gustaría mucho si te dijera lo que estoy pensando ahora mismo.

—No puede ser peor que lo que estoy pensando yo —replicó ella.

—Ah, ¿no? Cuéntame, por favor.

—Creo que eres sarcástico y engreído.

Él se acercó un poco más.

—Y yo creo que eres ingenua y testaruda.

Maggie tragó saliva. Vane estaba tan cerca que solo podía verlo de a partes. Pelo oscuro, pómulos marcados, barba incipiente y oscura. Había pensado que él tenía el pelo lacio, pero ahora veía que en las puntas se le ondulaba un poco, en la parte donde le rozaba las orejas.

—Tienes el pelo demasiado largo —soltó.

—Y tú tienes el pelo lindo.

—¿Qué?

Vane la había halagado, pero lo había dicho enojado. Por reflejo, Maggie se tocó el pelo. Él le sujetó la muñeca.

—Y tienes las manos demasiado pequeñas… ¿Cómo haces para agarrar las cosas? —Maggie contuvo la respiración mientras Vane le inspeccionaba los dedos con expresión fascinada—. Son casi tan pequeñas como las de Annabelle.

—Ya lo sé —balbuceó ella—. Uso guantes para niños, y los anillos siempre me quedan grandes, así que los uso como dijes si son importantes para mí…

—Eres hermosa. Y, ahora mismo, estoy pensando que tengo muchas ganas de besarte —dijo él, y sus labios se curvaron hacia arriba ligeramente—. Dime qué piensas.

Maggie estaba confundida. Aunque todavía se sentía molesta, ella estaba pensando lo mismo que él.

—Pienso que deberías hacerlo.

—Bien.

Él ya estaba tan cerca que Maggie solo tuvo que ladear apenas la cabeza para que sus labios se tocaran. Era una distancia diminuta, pero, ni bien la zanjaron, Maggie sintió como si hubiera cruzado un océano, o escalado una montaña, o llegado a la estratósfera. No había otro modo de explicar lo cambiada que se sintió ni bien Vane se apoderó de su boca.

Él le sujetó el mentón con sus largos dedos y la mantuvo en su lugar con suavidad pero con firmeza mientras la provocaba rozándola apenas con los labios. Le dio mordisquitos hasta que Maggie separó los labios con un suspiro, y entonces él fundió la lengua con la suya con tanta autoridad que Maggie se sintió atontada. Vane sabía a vino y a secretos, secretos cuyas razones y respuestas ella quería conocer. Maggie gimió con deseo y acomodó la rodilla debajo del cuerpo para poder elevarse un poco y estar más cerca de él. Luego, pasó los dedos por su cabello excesivamente largo. Él soltó un gruñido bajo y frustrado, y se alejó de ella mascullando un insulto. Se peinó el pelo con las dos manos antes de bajar la cabeza.

—Mierda —dijo—. Tengo que calmarme.

—Perdón, no…

—No me pidas perdón —la interrumpió él—. Ahora soy tu jefe. Eso no estuvo bien.

Ella esbozó una sonrisa triunfal.

—Pero dijiste lo que pensabas.

Él soltó una risita.

—Sí, supongo que sí. Ya demostraste que tienes razón.

—No estaba tratando de ganar ni nada de eso.

—Claro que sí.

Incluso en la penumbra de la habitación, Maggie llegaba a ver el brillo travieso de su mirada, y se le hizo un nudo en el estómago. Vane estaba lleno de contradicciones. Era rígido, a tal punto que resultaba robótico, por fuera, pero, debajo de esa superficie controlada, bullía la pasión. A Maggie le resultaba fascinante y se moría de ganas de volver a ver esa llama oculta.

—Bueno, quizá sí —aceptó, acomodando el pie debajo del cuerpo otra vez—. Pero solo porque me di cuenta de que me gusta escuchar lo que piensas.

—Ah, ¿sí? ¿Te gusta que te diga que me pareces hermosa? —Maggie tragó saliva y asintió, y él se acercó otra vez—. ¿Y que te diga que me besas como si me estuvieras desafiando a dar un paso más? —A Maggie se le escapó un gemido—. Y que eres muy sensual.

Vane la miró con expresión hambrienta, como si lo que más quisiera en el mundo fuera devorarla en ese preciso instante. Mientras él se acercaba un poco más, Maggie se recostó en el sillón, ansiosa por que él la besara, y quizás algo más también. Pero, en su apuro por permitirle acercarse, estiró el pie torpemente y volteó su copa de vino, ya olvidada.

—¡Ay! —exclamó cuando la copa los salpicó a los dos.

Vane retrocedió y se secó la mejilla. Horrorizada, Maggie miró el sillón, teñido de carmesí.

—Ay, cielos —murmuró—. Perdón.

—No te preocupes por el sillón —la tranquilizó Vane y, soltando una risita, la señaló.

Ella se miró el pecho y volvió a jadear.

—Ay, por favor, estoy empapada. Parezco una pintura de Jackson Pollack, y es la única blusa que tengo —dijo Maggie. Se mordió el labio y agregó—: No tengo qué ponerme. Todas mis cosas están en mi departamento.

—¿Quieres que mande a alguien a buscarlas? —preguntó Vane.

Ella negó con la cabeza.

—No. Tengo que regar las plantas y… ¡uy, el correo! Tendría que haberle pedido a mi vecina que recogiera el correo, pero me distraje aquí…

—En tu nueva aventura —completó Vane con complicidad. Se reclinó en el sillón y le dedicó otra de esas miradas impenetrables —. Mejor ve a buscar tus cosas. Pero, por favor, apresúrate.

# 6

Maggie se había apresurado, de eso no cabía duda. Se había ido de la casa de playa al día siguiente, antes de que comenzara a amanecer, y había llegado a su pequeño departamento justo cuando el sol empezaba a asomarse por el horizonte. Luego de disculparse con sus plantas mustias y de hacerle una visita veloz a su vecina para avisarle que volvería en unas semanas («Y ¿podría rociar mi *calathea* de vez en cuando? Es muy exigente con respecto a la humedad»), había metido todas sus prendas de vestir en un maltratado bolso de viaje. Después, se había cargado el bolso al hombro, había agarrado su suculenta favorita para tener un recuerdo de su hogar, y había emprendido el regreso a la casa de playa a toda prisa. No porque Vane le hubiera dicho que se apresurara, intentó convencerse Maggie mientras llevaba al velocímetro a más de 140 kilómetros por hora, sino porque esa era su aventura antes de su otra aventura.

Maggie se pasó los dedos por el pelo desarreglado y luego le sonrió a su reflejo en el espejo retrovisor. Otra vez en la carretera. Eso era lo que anhelaba. Dentro de un par de meses, iba a comprometerse a quedarse en el mismo lugar por cinco años. Cinco largos años llenos de monotonía. Iba a pasar los inviernos del mismo modo que los veranos. Bueno, ni que el verano en la zona rural de Alaska fuera la gran cosa.

—¿No te da miedo? —le había preguntado su amiga Kiara cuando Maggie le confesó que había aceptado el puesto de trabajo en Alaska.

Kiara todavía vivía en su camioneta, no por necesidad —con su fideicomiso, tenía dinero más que suficiente—, sino porque, al igual que Maggie, se sentía más tranquila sabiendo que, en cualquier momento, podía levantar campamento y marcharse.

—Creo que hay que hacer las cosas que nos dan miedo —le había respondido Maggie. Y, en su momento, le había parecido cierto. Pero, cuanto más se acercaba al futuro que había creado para sí misma, más deseaba mandar todo al diablo. Quería que cayera un rayo o que se desatara un tornado. Algo impredecible. Un botón de reinicio que le diera la oportunidad de empezar de cero.

Vane era serio y estable, todo lo contrario a un tornado, pero su presencia en su vida era exactamente el botón de reinicio que Maggie necesitaba. El beso de la noche anterior —Maggie se tocó los labios y sonrió— la había conmocionado, y no había nada que le gustara más que la sensación de no saber qué iba a pasar.

Todavía estaba sonriendo cuando estacionó en la entrada circular frente a la casa de playa. El ruido de la demolición la aturdió antes de que llegara a abrir la puerta del auto. Annabelle la estaba esperando en el porche, con las manos sobre las orejas para protegerse de ese barullo infernal.

—¡Señorita Stewart, volvió! —gritó la niña.

—¡Volví! ¡Vamos adentro, que está más tranquilo!

—¡Adentro hay todavía más ruido! —se quejó Annabelle, pero recibió de buena gana el abrazo de Maggie—. ¿Qué es eso? —preguntó, señalando la preciada planta de Maggie.

—Se llama *echeveria*. Es un tipo de suculenta. Me gusta porque parece una rosa, pero es mucho más fuerte. —Le apretó la nariz a Annabelle con cariño y agregó—: Como tú.

—Yo soy una rosa. Soy bonita, pero tengo espinas. —Annabelle formó garras con las manos y luego se volvió a tapar las orejas—. ¡Tío Vane! —gritó en dirección a las escaleras—. ¡Diles que paren!

Maggie tragó saliva y se dio vuelta. Vane estaba parado en el descanso de la escalera, a un piso de distancia, pero Maggie sentía su presencia tan intensamente como si estuviera pegada a él. Vane esbozó una sonrisa casi imperceptible cuando sus miradas se encontraron, y Maggie sintió un calor que comenzó en su coronilla y se esparció por todo su cuerpo hasta llegar a los pies. Se había arriesgado a que le hicieran una multa para llegar a donde estaba él, pero, ahora que estaba ahí, en lo único que pensaba era en escapar.

—Hola —lo saludó—. Volví.

—Qué bueno —respondió él, esbozando una sonrisa cómplice que la hizo sonrojar aún más—. En el ático está más tranquilo, por si quieren esconderse ahí. Estuve sacando cajas que estaban guardadas ahí arriba.

—¿Necesitas ayuda? —preguntó Maggie, y le echó un vistazo a Annabelle en busca de confirmación—. Podríamos hacer eso, ¿no? Para alejarnos del ruido.

—Algunas cajas son muy pesadas —le advirtió Vane.

—¡Yo tengo fuerza! —anunció Annabelle, imitando la postura de un fisicoculturista.

Vane soltó una risita.

—Me vendría muy bien la ayuda. Los obreros tienen que rearmar la estructura de las paredes, y no pueden empezar hasta que no haya terminado de ordenar todo. Cuando demuelan la pared, todo el ático va a quedar expuesto.

—Nosotras nos encargamos. Tú ve… a hacer cosas de arquitecto. —Maggie esbozó una sonrisa alegre, con la esperanza de que no fuera muy obvio que estaba intentando escapar de él—. Ven, Mujer Maravilla, vamos a hacer cosas de mujeres fuertes.

Maggie dejó que Annabelle la guiara hacia el ático polvoriento. Había pilas de cajas etiquetadas que casi llegaban hasta el techo acomodadas contra las altas vigas de madera. Las partículas de polvo bailaban a la luz de los rayos de sol que penetraban en la penumbra, pero, curiosamente, hacía bastante frío ahí arriba, y los sonidos de la demolición casi no se escuchaban, lo que les permitía hablar en un tono de voz normal. Vane había empezado a bajar las cajas al piso de abajo, así que Maggie le indicó a Annabelle que hiciera lo mismo.

Habían hecho solo tres viajes cuando Annabelle empezó a cansarse.

—Esto es aburrido.

—Pensé que eras fuerte.

—Supongo que no.

Maggie se echó a reír.

—Dame esa. Toma. Esta dice «ropa». Puedes con el peso, ¿no?

—Deme otra —le dijo Annabelle—. Así hacemos más rápido.

—Buena idea, Esta dice… ¡«Juguetes»!

Annabelle dejó caer la caja de ropa.

—¡Abrámosla!

—¿Ya quieres tomarte un descanso? —le preguntó Maggie en tono burlón.

Annabelle abrió la caja polvorienta y, con un chillido de alegría, sacó una vieja marioneta. Era hermosa; aunque tenía bisagras de madera, su cara era de porcelana inmaculada y se notaba que la habían pintado a mano. Tenía puesto un vestido con un corsé de satén blanco y una nube de tafeta como falda, y tenía los ojos negros pintados con tanto detalle que a Maggie le dio la sensación de que se habían inspirado en una persona real para dibujarlos. Estaba metida dentro de una caja repleta de delicado papel tisú que aún tenía una ligera fragancia a perfume de rosas.

—Vaya, está en muy buen estado. ¡Ten cuidado!

—Se llama Felicia —anunció Annabelle—. Y es bailarina de ballet. Mire. —Hizo una pirueta torpemente y frunció la nariz—. Tengo que practicar. Vaya para allá y no me mire.

Maggie rio. Le encantaba ver a Annabelle así, contenta y jugando, como una niña normal. «Ojalá Vane pudiera verla», pensó, y espió por la ventana con la esperanza de verlo. Quería preguntarle de dónde había salido esa marioneta. ¿Era de él? ¿Había sido de su madre? ¿Qué hacía guardada ahí arriba, cuando se notaba que era muy importante?

Una figura conocida de piernas largas y hombros anchos apareció en su campo de visión. Una brisa errante le despeinó el cabello y lo acarició del modo en que ella lo había acariciado la noche anterior mientras se besaban. Maggie tocó el vidrio de la ventana, pero al instante alejó la mano como si se hubiera quemado. Era innegable que Vane le gustaba mucho, y estaba bastante segura de que a él también le gustaba ella. Y, sin dudas, eso iba a hacer que las próximas semanas fueran un poco más interesantes.

Pero, después de eso, iba a empacar e irse de vacaciones. Eso de ser niñera solo era el medio para llegar a un fin, una oportunidad para tener un poco más de dinero en el bolsillo antes de embarcarse en su próxima aventura. No había aceptado ese trabajo para pasarse todo el día mirándolo embobada desde la ventana del ático.

—No me está mirando, ¿no? —chilló Annabelle desde la otra punta de la habitación—. Todavía no estoy lista.

Maggie negó con la cabeza para aclarar sus ideas y sonrió alegremente.

—¿Sabes qué? Todavía te veo. ¿Por qué no vas para allá?

Maggie agarró las cajas que había apoyado en el piso, y Annabelle fue junto a la ventana con el tesoro que había encontrado y empezó a practicar sus pasos de baile, al tiempo que declaraba que a Felicia le encantaba llamar la atención. Perfecto. Con Annabelle distraída con otra cosa, era más fácil hacer progresos con la montaña de cajas. Maggie se cargó otra pila en los brazos y, con cuidado, comenzó a bajar las empinadas escaleras.

—Ten cuidado.

Maggie se dio vuelta soltando un chillido, tropezó y ser las arregló para sujetar la caja de arriba del todo antes de que cayera al piso.

—¡Me asustaste! —resopló.

Vane agarró la caja y le sonrió.

—Solo vine a ver cómo les estaba yendo.

Otra vez estaba demasiado cerca. ¿Cómo hacía para tener la ropa perfectamente planchada y prolija? Ella estaba cubierta de polvo y necesitaba darse una ducha cuanto antes. Maggie dio un paso atrás antes de que él pudiera olerla, por las dudas de que sintiera su olor a transpiración.

—Yo estoy bien. Annabelle está jugando. —Por los nervios, Maggie le respondió con tono seco, y a él le cambió la cara.

—¿Así que jugando? —dijo Vane. Esquivó a Maggie y gritó en dirección al ático—: ¿Qué encontraste?

—¿La puedo bajar, tío Vane?

La voz de Annabelle, ansiosa, flotó escaleras abajo. Maggie apretó los labios mientras Vane subía corriendo de a dos escalones a la vez. No tenía sentido, se reprendió mientras apoyaba las cajas en el piso y se corría el pelo de la cara. Cuando estaba lejos de él, quería tenerlo cerca. Pero, cuando estaba cerca, quería correr lo más lejos posible. Con un gruñido de frustración, Maggie se recogió el pelo y tensó los hombros. A veces, cuando sus alumnos le tenían miedo a algo, ya fuera un perro o un trueno, Maggie les daba la mano y los motivaba a enfrentarse a sus miedos una y otra vez. El único modo de dejar de ponerse nerviosa cuando veía a Vane era enfrentarlo. Una y otra vez.

Maggie volvió a subir las escaleras del ático y, cuando llegó arriba del todo, se detuvo. Vane estaba arrodillado junto a Annabelle y sacudía a Felicia la marioneta de tal modo que parecía que estaba bailando sobre el piso del ático.

—¿Ves? El secreto está en el modo de sujetarla —le explicó a Annabelle, que lo miraba fascinada.

—¿Era tuya? —le preguntó Maggie.

Vane levantó la mirada y sonrió con tanta alegría y soltura que Maggie se olvidó de que estaba nerviosa, y también le sonrió con ganas antes de agacharse junto a Annabelle.

—Supongo que, en cierto sentido, ahora es mía —respondió él, con un dejo de melancolía en la voz—. Pero no. Era de mi abuela —continuó, mientras la marioneta hacía piruetas en sus manos—.

Tenía dos, me acuerdo, eran madre e hija. No sé dónde habrá terminado la madre, pero igual esta siempre fue mi favorita. Me imaginaba que era una princesa.

—Lo es. Es una princesa bailarina —intervino Annabelle.

—Claro que sí —dijo Vane—. Las fabricó mi abuela. Les cosió la ropa a mano. Creo que se supone que la parejita de marionetas eran ella y mi madre.

—¿Y tu mamá jugaba con ellas? —preguntó Maggie, fascinada.

—Supongo que sí, pero no jugaba conmigo. Siempre era mi abuela la que sacaba las marionetas.

—Tenemos que encontrar la otra —anunció Annabelle, saltando por encima de una pila de cajas—. Seguro está metida por aquí. —Sacó una caja de una pila cualquiera y se arrodilló en el piso—. «Recuerdos» —leyó en voz alta—. ¿Estará aquí?

—Fíjate —le dijo Vane. Cuando se puso de pie, sin querer chocó a Maggie con el hombro, y volvió a sonreírle y, una vez más, ella sintió un calor que se desparramaba por su vientre.

Annabelle abrió la caja y levantó un domo de vidrio. Tenía una llave dorada metida en la parte de atrás. La giró y, en el interior, descubrió un engranaje dorado que cliqueaba, y cuatro orbes empezaron a girar.

—¿Qué es esto? —preguntó.

Vane frunció el ceño.

—Parece un reloj o algo así.

—¿No sabes qué es?

Vane negó con la cabeza y rio.

—Dudo que haya una persona viva que sepa lo que es.

Annabelle se quedó inmóvil por un momento y luego apoyó el reloj en el suelo. Estaba apretando tan fuerte los labios que se le pusieron blancos. Alarmada, Maggie se levantó deprisa.

—¿Annabelle? Cariño, ¿qué pasa?

Annabelle se paró. Dos manchones de color rojo furioso le tiñeron las mejillas, por lo demás pálidas.

—O sea que alguien amaba esto, pero no lo sabes porque esa persona ya está muerta. Muerta y olvidada.

—Ey, escucha —le dijo Vane, levantándose con cuidado.

Pero Annabelle negó con la cabeza.

—Eso es lo que le va a pasar a mi papá. Y a mi mamá también. ¡Están muertos y, dentro de poco, todos se van a olvidar de ellos!

—Ay, mi amor, no… —intervino Maggie, pero Vane estiró el brazo para impedir que fuera corriendo a abrazar a Annabelle; luego, se lamió los labios y miró a los ojos a la niña, que estaba bañada en lágrimas.

—Sí, cielo. Con el tiempo, la gente se olvida. Pero eso no quiere decir que no los hayamos amado. —Vane levantó la marioneta con delicadeza—. Guardé esto porque amaba a mi abuela y quería tener una parte de ella conmigo, incluso aunque ella ya no esté aquí. Y otra persona guardó ese reloj por la misma razón. Se aferraron a ese recuerdo para mantener vivo el amor que sentían.

—Hasta que ellos también murieron —dijo Annabelle sombríamente.

—Pero eso no importa, porque las cosas no son personas, ¿sí? Son solo recuerdos. Pedacitos y fragmentos. Lo que importa es lo que tenemos aquí —dijo Vane, tocándose el corazón.

Maggie parpadeó rápido. Annabelle agachó la cabeza; cada uno de sus movimientos transmitía desesperanza. Maggie apretó los dientes frustrada. «Es demasiado para ella. Solo es una niña, no puede lidiar con algo tan complejo», pensó. No obstante, Annabelle volvió a enderezarse y, para sorpresa de Maggie, ya no estaba llorando.

—Me voy a acostar un rato —dijo la niña, sin delatar ni una emoción.

—Ay, amor —murmuró Maggie, pero, una vez más, Vane le impidió que fuera a consolarla.

—Necesita espacio —dijo él. Luego, le rodeó la cintura y la abrazó fuerte. Maggie volteó a mirarlo, y él asintió una sola vez y se acercó más.

«¿Otro beso? ¿Ahora?». Maggie estaba a punto de decirle que no, que ese no era ni el momento ni el lugar, cuando él le apoyó la otra mano en el hombro.

—Mierda —suspiró. Luego, la atrajo hacia él y, torpemente, la abrazó de costado—. Dios, es muy difícil, pero estoy tratando.

Maggie cerró los ojos para reprimir las lágrimas que amenazaban con escapársele.

—Ya lo sé —sollozó, acariciándole la espalda mientras él la abrazaba. Apoyó la cara contra su mejilla e inhaló profundamente. La espalda de Vane era ancha y fuerte, pero, cuando estaba así, parecía tan vulnerable que le rompía el corazón—. Estuviste bien —le dijo y, con dulzura, le besó la mejilla.

Él volteó la cara en ese preciso momento y su boca le rozó la comisura del labio. Vane soltó un sonido suave, casi como un gemido, y apoyó su boca contra la de ella. El beso de la noche anterior había sido pura pasión alimentada por el vino, pero este beso era suave y tierno. Dubitativo, incluso. Sus labios eran tibios y blandos, y el modo en que suspiraba volvió loca a Maggie, que se dio vuelta y lo dejó acercarse más.

—Maggie —murmuró él contra sus labios.

—¿Señorita Stewart? —llamó Annabelle desde abajo—. ¿Tío Vane?

Con un quejido, Maggie se alejó de él. Vane gruñó y bajó la mirada.

—¡Seguimos aquí arriba!

—Voy yo —balbuceó Maggie.

—Nos llamó a los dos.

—Ya lo sé, pero…

—No estamos haciendo nada malo —le dijo Vane sin bajar la mirada.

Maggie se preguntó a cuál de los dos estaba intentando convencer.

## 7

—Hola. —Maggie golpeó suavemente la puerta entreabierta del cuarto de Annabelle—. ¿Puedo pasar?

Annabelle apoyó el libro que estaba leyendo sobre la mesita de luz y se incorporó. Tenía puesta una camiseta de béisbol vieja y gastada, y Maggie se preguntó si habría pertenecido a su padre.

—Hola —respondió Annabelle con tono cansado—. Claro.

Maggie se sentó en el borde de la cama.

—Hoy terminamos bien el día, ¿no? Gracias por ayudarme a cocinar.

—La próxima vez quiero preparar galletas glaseadas —dijo Annabelle—. Las de chips de chocolate son aburridas.

—Por algo son clásicas, pero bueno. Cuando terminemos de comernos esta tanda, podemos preparar otra. ¿Qué te parece? —Annabelle asintió, somnolienta, y Maggie hizo una pausa, indecisa sobre si había elegido un buen momento para sacar el tema—. Bueno, el día terminó bien, pero quería hablar del principio.

—¿Cuando fue a buscar las cosas a su casa?

—Después de eso. En el ático.

—Ah.

—Quería hablar un poco, tener una conversación de chicas. —Maggie le echó un vistazo a la puerta y le dio una patadita amistosa a Annabelle—. Ver cómo estabas.

—Sí —dijo Annabelle, y suspiró—. Perdón por gritar.

—No, cariño, no, no quería hablar de eso. Es que… parecías muy triste.

—Estaba triste. —Annabelle se encogió de hombros—. Pero el tío Vane tiene razón.

Sorprendida, Maggie se alejó un poco.

—¿Te parece?

—Quizá. No sé. —Annabelle volvió a encogerse de hombros—. Pero sé que no me mentiría. Ni siquiera aunque la verdad sea una porquería. No le diga que dije eso.

—No creo que le moleste. Sí, es una porquería. —Maggie sonrió con dulzura. No era lo que había esperado escuchar.

—Sí, es cierto —dijo Annabelle y se dejó caer sobre la almohada otra vez—. Y casi siempre, los adultos quieren que esté contenta. Me mienten y me dicen que papá está flotando en una nube y tocando el arpa. O sea, por favor, él odiaría hacer eso. Si papá está tocando el arpa, es porque lo están castigando, no porque está en un lugar donde es feliz.

Maggie se tapó la boca con la mano para ocultar una sonrisa.

—¿Y qué haría tu papá en el cielo?

—Andaría en bicicleta —respondió Annabelle de inmediato—. Y andaría tan bien como antes de enfermarse.

—Seguro que eso es lo que está haciendo.

—Pero mamá no —continuó Annabelle—. Que papá anduviera en bicicleta sería su castigo.

—Eras bebé cuando ella falleció…

—Murió —la corrigió Annabelle.

Maggie se sonrojó.

—Sí. Cuando murió.

—No me acuerdo de ella, pero papá me contaba tantas historias que a veces pienso que sí. Como el vestido a rayas azules que se ponía siempre, o su suéter calentito. Me acuerdo de la sensación de la tela en la mejilla cuando me abrazaba, pero sé que solo agarré el suéter cuando ella ya se había ido.

—Eso es un poco lo que estaba diciendo tu tío Vane. Que agarrar ese suéter te ayuda a que su recuerdo siga vivo en tu corazón.

Annabelle sonrió.

—Sí.

Maggie le acarició la mejilla.

—Que descanses, cielo.

—Buenas noches, señorita Stewart.

Annabelle se dio vuelta y, en segundos, ya estaba dormida. Maggie se levantó y, tratando de no hacer ruido, salió de la habitación en puntas de pie. Cerró la puerta con cuidado y apoyó la frente sobre la madera.

—Dios mío —murmuró tras exhalar profundamente.

Cerró los ojos y se pasó las manos por la cara. A pesar de tener mucha experiencia, todavía se sorprendía al descubrir lo poco que sabía sobre la resiliencia de los niños. Se había pasado todo el día preocupada, pensando que Vane había metido el dedo en la llaga y había herido a Annabelle, pero, al final, su sinceridad brutal la había ayudado a sanar un poquito más.

Otra vez la agobiaron los sentimientos encontrados; la necesidad de estar lejos de él competía con la necesidad de estar cerca. Todo ese tiempo habían estado empatadas, pero ya no había competencia alguna. La necesidad de estar con él ganó por lejos.

Maggie bajó las escaleras deprisa, pero Vane no estaba en su rinconcito en la sala de estar. Maggie se detuvo y sonrió cuando se dio cuenta de dónde debía estar. Agarró una manta que colgaba del respaldo del sillón y cruzó la cocina en un santiamén. Luego, se detuvo y volvió.

—Bueno, mañana haremos galletas glaseadas —le prometió a la cocina vacía. Después, agarró el plato de galletas caseras que había preparado con Annabelle y salió por la puerta trasera.

Tal como había imaginado, Vane estaba en la playa. Estaba parado dándole la espalda a la casa y, por un momento, Maggie se detuvo para contemplar esa imagen: él, alto y atlético, contra el fondo del sol poniente. La botella de vino, ya abierta, estaba apoyada sobre el porche, y Maggie también la agarró antes de dirigirse rumbo a la arena suave.

—Ey —lo llamó con suavidad para no sobresaltarlo—. Traigo regalos.

Vane se dio vuelta con actitud recelosa. La sonrisa que solía iluminarle el rostro cada vez que la veía no estaba por ningún lado, y Maggie sintió su ausencia con una punzada de dolor, pero igual le ofreció el plato de galletas.

—¿Galletas de disculpa?

—¿Te estás disculpando? —preguntó él. Agarró una galleta y partió un pedacito, pero, en vez de comérselo, se quedó sosteniéndolo.

—Mira. —Maggie extendió la manta sobre la arena y, con un gesto, lo invitó a sentarse—. Quizá sea mejor que te sientes para escuchar esto.

Mientras se sentaba, Vane la miró con expresión divertida, lo cual la hizo sentir mejor.

—Bueno. Ya estoy sentado.

—Muy bien. Porque quería decirte que no sé todo sobre los niños.

Vane pestañeó.

—Tienes razón. Menos mal que estoy sentado.

Con un suspiro, Maggie se sentó pesadamente junto a él.

—Pensé que habías sido demasiado directo con ella en el ático y que era mucho para procesar. Pero Annabelle te respeta por decirle la verdad.

Vane asintió.

—Le prometí que siempre le diría la verdad. A Annabelle no le gusta que la traten como si fuera frágil, así que nunca lo hago. Creo que debe ser lo único bueno que hice al criarla este tiempo.

—Me parece que tienes razón. Digo, con lo de tratarla como si fuera fuerte, no con lo de que eso es lo único bueno que hiciste. —Para alivio de Maggie, él sonrió—. Bueno, ¿tregua?

—No sabía que estábamos peleando, pero sí, está bien. Tregua. —Vane se llevó el pedacito de galleta a la boca y, al ver la botella de vino, sonrió—. No te traje una copa. Voy adentro a buscar una.

Tras decir eso, Vane se levantó de un salto y se dirigió a la casa, y Maggie sintió como si se hubiera sacado un peso de encima. La sonrisa de Vane le transmitió una sensación cálida que la invadió de pies a cabeza. Maggie se apoyó sobre los codos y se quedó mirando la puerta trasera, recorriendo el contorno de la casa y observando qué partes habían agregado a lo largo de los años, hasta que Vane volvió con la copa. Entonces, él se acomodó otra vez junto a ella y le sirvió una cantidad generosa de vino.

—Salud. Por las treguas.

—Por las treguas. —Maggie brindó con Vane y tomó un sorbito de vino—. Parece que no es la primera vez que remodelan la casa, ¿no?

Él siguió su mirada y asintió.

—La construyó mi tatarabuelo en 1888. En ese entonces, era la única casa en este lugar. Todos pensaban que era como los confines de la tierra. —Una sutil sonrisa con un dejo de melancolía le revoloteó en los labios—. Mi tatarabuelo perdió a su hijo, mi tío abuelo, en el terremoto de San Francisco y, después de eso, insistió en que este lugar debía ser el centro de nuestra familia. Un modo de mantenernos unidos.

—¿Por eso hay tantas cajas en el ático?

Vane asintió.

—Las familias suelen agrandarse hacia afuera —dijo. Se le borró la sonrisa y bajó la mirada hacia su copa—. Pierden el eje cuando no hay un centro, o un lugar central al que regresar. Cuando era chico, veníamos aquí a ver a mis primos, a pasar tiempo con mis tías y tíos. Mi primo Connor es más chico que yo y más grande que mi hermano, así que cuando pasábamos los veranos aquí, éramos como hermanos. Y eso nos unió.

Mientras le contaba la historia, Maggie notó un cambio en la voz de Vane, como si estuviera despojándose de su exterior fuerte y estoico, y le permitiera ver el dolor y la tristeza que había en su interior.

—¿Tienes miedo de perderlos? —le preguntó Maggie.

Él la miró de reojo.

—La muerte de Colby fue un *shock* para todos. Pensamos que estaba venciendo al cáncer. Creo que nos hizo volvernos más introspectivos, nos alejó de los demás —respondió. Tras mirar la casa otra vez, agregó—: Me convencí de que, si transformaba este lugar en nuestro hogar otra vez, iba a ser positivo para toda la familia.

—Qué lindo, Vane.

—¿Lindo nada más? —preguntó él, esbozando una sonrisa de costado—. A mí me parece hermoso. Increíblemente hermoso, incluso. ¿No te parece?

Ella le dio un empujoncito amistoso.

—¿Me estás preguntado si me pareces increíble? —le preguntó y, fingiendo estar horrorizada, se llevó una mano al pecho.

—La verdad, sí —respondió él, y se le acercó tanto que Maggie alcanzó a ver la cicatriz diminuta que tenía en una de las cejas. Sin pensarlo, se la acarició con un dedo.

—¿Qué te pasó aquí?

—No me acuerdo, pero mi mamá me dijo que fue por jugar al béisbol sin pelota.

—¿Y con qué jugaste entonces?

—Con una piedra. De este muelle, de hecho.

Maggie hizo una mueca de dolor.

—Vaya, los varones sí que son distintos. ¿Te dolió?

—Como dije, no me acuerdo. Calculo que sí, porque atajé una piedra con la cabeza —respondió Vane con algo de brusquedad. Luego, con una mirada más amable, agregó—: Pero estoy seguro de que mi mamá o mi abuela me dio un beso para que se curara.

Maggie sentía una fuerza irresistible que la arrastraba hacia Vane. Lenta y cuidadosamente, recorrió el caminito blanco con los dedos y, con suavidad, apoyó los labios sobre la cicatriz. Sintió las pestañas de Vane sobre su mentón cuando él cerró los ojos. Vane suspiró, con una mezcla de satisfacción y sufrimiento, y levantó el rostro. Los labios de Maggie se toparon con los suyos casi sin querer, pero igual los abrió ansiosa y, con un gemido, lo invitó a besarla. Él la sujetó y, arrodillándose, la atrajo hacia sí.

—Maggie.

A ella le encantaba el modo en que él pronunciaba su nombre mientras le rozaba los labios, el modo en que sentía la forma de su voz. Era muy fácil besarlo, pensó, enloquecida, al tiempo que se le aceleraba la respiración. Su cuerpo entero buscaba el de Vane, como si ya hubieran estado así un millón de veces. Era imposible negar la conexión que tenían, el hilo que había entre los dos, que se estiraba y se acortaba cada vez que ella intentaba poner distancia. Ya no quería que hubiera distancia entre ellos.

—Vane —jadeó Maggie, mientras él la recorría con los labios. Ella ladeó la cabeza, dejó expuesto el cuello para recibir sus besos y se derritió entre sus brazos. Por una vez, no se puso a pensar en lo que estaba por suceder. Si pasara el resto de su vida en ese lugar, dejando que ese hombre le besara con ganas toda la piel, como si quisiera saborear cada centímetro de su ser, sabía que sería feliz.

—Me vuelves loco. Lo sabes, ¿no? —murmuró él, en un tono de voz que le dio escalofríos de placer.

—Creo que sí.

—¿Crees que sí? Mmm, eso no está bien. Tengo que empezar a ser más claro. —Vane sonrió y le corrió el cuello de la camiseta hacia un costado.

—Ah… —Maggie suspiró mientras él le succionaba la piel.

—Voy a dejarte una marca aquí —le prometió Vane—. Así la ves cuando te mires al espejo mañana. Pero este no es el único lugar donde quiero que me sientas, Maggie. ¿Qué dices? ¿Dónde más te gustaría que te bese?

La promesa lujuriosa que se escondía detrás de la pregunta, combinada con el hambre voraz de sus ojos oscuros, la llevó al límite.

—Eh, se me ocurren un par de lugares.

—Muéstrame.

Sonrojándose, Maggie se levantó apenas la camiseta. Él soltó un murmullo de admiración al ver su vientre plano y tonificado.

—¿Aquí? ¿En este ombliguito tan lindo?

Maggie se lamió los labios.

—Mejor… más abajo.

Justo en ese momento, se oyó un alarido inhumano que salía de la casa. Vane volteó a mirar, con la cara desfigurada por la angustia. Luego, miró a Maggie otra vez. La tensión era palpable. Ella le acarició la mejilla.

—Ve a verla —susurró mientras le daba un beso de despedida—. Eres mejor que yo en esto.

Él esbozó una sonrisa de gratitud y, al instante, desapareció. Maggie se dejó caer sobre la manta otra vez. El corazón le latía desbocado. Encima de ella, las estrellas comenzaron a aparecer una por una en el firmamento. Las olas plateadas, bañadas por la luz de la luna, lamían la costa oscura, y le recordaron al fluir de la sangre que corría por sus venas. Se había pasado toda la vida buscando un sentimiento cuyo nombre desconocía. Ahora, sabía que ese era el sentimiento: el modo en que se sentía en ese lugar. Con Vane.

Maggie se lamió los labios otra vez, saboreó los besos de Vane. Sí, ese era el sentimiento que había estado buscando. Pero, ahora que lo había encontrado, ¿qué? Debería haberse sentido aliviada al saber que la búsqueda había terminado, pero, por el contrario, se sentía... asustada.

## 8

El cielo matutino todavía estaba manchado del color rosa del amanecer, pero Annabelle ya había terminado de desayunar.

—¿Podemos irnos de aquí? —suplicó la niña, al tiempo que arrojaba su cuenco de cereal al fregadero—. Es demasiado ruidoso.

—Tú también eres bastante ruidosa, ¿sabías? —repuso Maggie riendo. Pero entonces, toda la casa tembló con el estruendo de los martillos, y se tapó las orejas con las manos—. Sí, buena idea. Ve a ponerte los zapatos.

Annabelle salió deprisa de la cocina. Maggie se bebió de un sorbo lo que quedaba de su té verde y enjuagó la taza antes de prepararse otro. Dormir en medio del barullo de la remodelación era imposible. Se había levantado temprano, pero eso no significaba que se sintiera despierta. Con suerte, iba a conseguir que Annabelle se pusiera a jugar sola, así no tenía que hacer mucho esfuerzo mental. Quizá podía proponerle algún juego en el que pudiera estar acostada.

—¿Alguna vez hiciste castillos con arena chorreando? —le preguntó a Annabelle cuando regresó, ya con los zapatos puestos. Ante su negativa, Maggie sonrió—. Te va a encantar.

Sin más, Maggie agarró una manta y las dos salieron rumbo a la playa. El agua estaba calma y translúcida e irradiaba destellos dorados cuando le pegaba el sol. En el aire todavía quedaba un atisbo del frío nocturno, pero Maggie se dio cuenta de que iba a ser un día muy caluroso. Lo suficiente como para nadar un rato.

—Tienes que hacer así —le explicó a Annabelle, y le mostró cómo agarrar puñados de arena húmeda de la orilla—. Deja que la arena chorree entre tus dedos, así. ¿Ves que se van apilando los montoncitos uno encima del otro? Cuánto más dejes chorrear la arena, más altos quedan los picos. Se pueden hacer castillos muy lindos con un poco de paciencia.

—¡Quiero probar!

Annabelle agarró un puñado de arena y, con cuidado, imitó el proceso lento que había seguido Maggie. Mientras trabajaba, sacaba la lengua en un gesto inconsciente de concentración. Maggie se sentó y le dio ánimos a medida que el castillo iba creciendo. Luego, se recostó sobre la manta y se puso a beber su té, que ya estaba tibio.

Una brisa ligera jugó con su pelo y se lo despegó de la nuca. Casi como habían hecho los dedos de Vane la noche anterior. Aunque Annabelle no le estaba prestando atención en lo más mínimo, por las dudas, Maggie escondió sus mejillas sonrojadas detrás de la taza. ¿Por qué la perturbaba tanto lo que había ocurrido la noche anterior? Inquicta, Maggie se removió sobre la manta.

—¡Cuidado, señorita Stewart! ¡Va a patear mi castillo!

—¡Ay, perdón, cielo! —exclamó Maggie.

Luego, se arrodilló y se sonrojó aún más. Se estaba retorciendo como una niñita de solo pensar en Vane, pero no era porque la idea le resultara placentera. Quería huir. Quería dejar de estar dentro de su propio cuerpo. Quería tirar la taza sobre la arena y escapar corriendo de ese sentimiento de… ¿qué era? ¿Felicidad?

—Conformismo —hubiera mascullado su madre, mientras cerraba maletas y las arrojaba en el baúl del auto destartalado sin prestar mucha atención a los sollozos de Maggie—. Ese es el problema de este mundo: todos se conforman. Pero nosotras no, hijita. Siempre hay nuevos lugares para explorar, nuevas aventuras para emprender. Nosotras no dejamos que nada nos ate. No nos instalamos en un lugar ni dejamos que nos salga musgo. Somos trotamundos, hijita. Somos aventureras.

Su madre repetía ese monólogo hasta que ya estaban todas las maletas guardadas. Luego, le acariciaba los hombros a Maggie y le corría el pelo de la cara bañada en llanto antes de cerrar el baúl del auto.

—¡Libertad! —solía gritar justo antes de arrancar el motor y salir disparada por la carretera. Y Maggie siempre apretaba los labios para aguantar el llanto mientras otra casa más desaparecía de su vista—. Vamos, hijita, ¿dónde están tus ganas de aventura? —le preguntaba su madre.

Entonces, Maggie volteaba a verla y le dedicaba la sonrisa que sabía que su madre esperaba ver.

—¡Sí! —decía en esos momentos—. Me muero por ver qué va a pasar ahora.

Lo había dicho tantas veces que hasta había empezado a creérselo. «¿Qué va a pasar ahora?», se preguntó, con la mirada fija en el agua centelleante. «No puedo… quedarme aquí». Ante la mera idea, le agarró una oleada de pánico. Sin más, bebió el último sorbo de té y se paró deprisa.

—¿Te ayudo, cielo? —le preguntó a Annabelle. Su voz sonó más nerviosa de lo que había esperado. Pero necesitaba distraerse de la imagen aterradora que se le acababa de venir a la cabeza. Una imagen de sí misma cubierta de musgo de pies a cabeza.

—Hace falta una pared ahí —le indicó Annabelle. Maggie asintió y se puso a trabajar para ahuyentar sus pensamientos. Se concentró tanto en el proyecto que ni siquiera se dio cuenta de que Annabelle ya no estaba construyendo el castillo, hasta que la escuchó reír—. ¡Ja! Tío Vane, qué gracioso te ves.

Maggie levantó la cabeza tan rápidamente que casi pierde el equilibrio y cae al agua.

—¡Nos asustaste! —balbuceó indignada, y lo miró fijo—. Tienes razón, Annabelle, se ve muy gracioso.

Vane se echó a reír y se pasó las manos por el pelo, con lo cual provocó que cayera una lluvia de polvo blanco.

—Es yeso —les explicó—. Debo parecer un muñeco de nieve.

—Uno muy raro —observó Annabelle.

—Muchas gracias —replicó él y le sacó la lengua. Ella soltó una risita—. Vine a buscarlas ni bien lo encontramos —agregó con un brillo en la mirada y, una vez más, Maggie se sintió apabullada por lo apuesto que era. No era justo. Hasta cubierto en yeso se veía increíble. Más que increíble. Parecía una escultura andante—. Tienen que ver esto.

—¿Qué cosa? —preguntó Annabelle, levantándose de un salto.

—Una sorpresa para mi chica favorita —dijo Vane. Tras guiñarle el ojo a Maggie, agregó—: *Chicas*.

Maggie sintió un calor abrasador en las mejillas. Quería protestar. Poner distancia entre los dos era el único modo de pasar las semanas que quedaban sin perder la cordura. Pero la sonrisa de Vane era tan cándida y parecía tan contento cuando Annabelle lo llenó de preguntas, que el «no» murió en sus labios antes de que llegara a pronunciarlo. Con un suspiro, Maggie se descubrió siguiéndolo hacia la casa.

—Está arriba —dijo Vane.

Los albañiles se habían ido a almorzar y la casa estaba llena de un silencio repentino e imponente. Maggie incluso podía escuchar el latido de su propio corazón y se preguntó si Vane también lo escuchaba. ¿Acaso sabría que él era la razón por la que latía desaforado?

Vane las guio hacia una habitación al final del pasillo del segundo piso. Una de las paredes estaba cubierta de cajas del ático, pero ya habían derribado otra de las paredes y, al caer, había dejado al descubierto una vieja chimenea de ladrillos y un espacio justo a la derecha.

—Miren esto —dijo Vane y, con un gesto, invitó a Annabelle a pasar primero.

Ella agachó la cabeza al pasar bajo una viga.

—¡Es un cuarto secreto! —exclamó.

—¿Qué? ¿En serio? —preguntó Maggie. Tuvo que doblarse prácticamente a la mitad para pasar, pero se las arregló para escabullirse por la entrada diminuta. Una vez dentro, se paró derecha y jadeó.

Lo que estaba viendo era un recoveco pequeño, tan pequeño que Annabelle llegaba a tocar las dos paredes al mismo tiempo si estiraba los brazos. En realidad, una de las paredes estaba formada por los ladrillos de la vieja chimenea, y otra caía inclinada como si siguiera el movimiento del tejado, pero las dos paredes restantes estaban decoradas con papel tapiz floreado en los distintivos tonos de los años setenta: mostaza y verde brillante.

—¡Es como una cápsula del tiempo! —se maravilló Maggie mientras giraba para apreciar toda la habitación—. ¿Eso es macramé? Ahora está de moda otra vez —comentó, tocando el enredo bohemio que colgaba del techo—. ¿Qué es este lugar?

—Creo que es lo que dijo Annabelle. Un cuarto secreto. Seguramente lo taparon durante la última remodelación —explicó Vane. Se agachó para pasar debajo de la viga y luego se enderezó. Por reflejo, Maggie dio un paso hacia atrás.

—¡Ay! —se quejó Annabelle, pues acababa de pisarle el pie—. Ustedes no entran aquí, ¡son demasiado grandes!

Maggie miró hacia arriba.

—Tiene razón —le dijo a Vane—. Tu pelo casi toca el techo.

Intentó reír, pero comenzó a respirar agitada. Ahora que Vane estaba en la habitación, de pronto sentía que le faltaba el aire. Cada vez que inhalaba, se le llenaban los pulmones de su fragancia, el olor salado del aire marino mezclado con algo que no terminaba de identificar, pero que era tan puramente masculino que de solo sentirlo se le aflojaban las piernas. Maggie apoyó la mano contra la pared en un intento desesperado por no desvanecerse.

—Me parece que no entramos —insistió, desfalleciente.

—¿Estás bien? —le preguntó Vane y, preocupado, le apoyó la mano en la cintura. Al sentir ese contacto, a Maggie se le erizó la piel y se le aceleró aún más la respiración—. ¿Tienes claustrofobia?

—No, por lo general no.

—Tranquila. Ven —le dijo él, extendiéndole una mano. Con la otra, la sujetó de la cintura y la ayudó a salir de ese espacio minúsculo.

Maggie sabía que lo hacía con buena intención, pero lo único que consiguió fue hacerla sentir más abrumada. Cuando se enderezó, del otro lado del cuarto secreto, se le nubló la vista y trastabilló. Vane la sujetó justo a tiempo, y ella se dejó caer. El cuerpo de él se sentía tan fuerte y sólido como un roble, y Maggie se aferró a sus codos con las dos manos hasta que se le pasó la sensación de mareo. Entonces, parpadeó para ver con claridad y levantó la mirada.

—¿Estás bien? —le preguntó Vane, mirándola con expresión preocupada.

—Sí. —Maggie tragó saliva y se obligó a sonreír.

—¿Segura?

—¿No me veo bien?

Él la abrazó con más fuerza.

—¿Aquí, en mis brazos? Sí, te ves… perfecta —dijo, y la besó, primero con dulzura y luego con una ferocidad desesperada.

—¡Tío Vane! ¿Puedo traer mi cama aquí? —preguntó Annabelle, totalmente ajena a lo que estaba pasando del otro lado de la pared.

Vane rio entre dientes, pero no soltó a Maggie. Ella también rio y apoyó la cabeza contra su pecho.

—No creo que entre, señorita. Pero puedes quedarte con ese cuarto. Le pondremos una puerta de verdad y lo puedes decorar como más te guste.

—¿Puedo sacar estas flores horribles?

—Claro.

—¡Genial! Señorita Stewart, ¿me ayudaría a pintar?

Vane miró a Maggie con tanta ternura que, una vez más, ella se sintió abrumada.

—Primero hay que poner la puerta para que la señorita Stewart esté cómoda, ¿sí?

—Gracias —murmuró Maggie.

—¿Por qué? —preguntó él, guiñándole el ojo—. Quiero que tú también te sientas como en tu casa —dijo y, poniéndose serio, agregó—: De verdad.

Ella asintió.

—Así me siento —replicó.

¿Cómo podía explicarle que ese era precisamente el problema?

—Extraño arroparla —le había dicho Vane con una sonrisa dulce —. Yo me encargo. Tómate la noche libre.

Maggie estaba parada en la orilla. A sus espaldas, la luna llena pendía baja en el cielo y teñía la espuma que le lamía los pies de un color plateado resplandeciente. Con cada ola gentil que llegaba a la costa, los dedos se le hundían más y más en la arena. Acababa de dejar a Annabelle en su habitación; la niña daba saltitos entusiasmada mientras le contaba a su tutor, que se veía entre divertido y apabullado, todas las ideas que tenía para la remodelación de su cuarto secreto, que había bautizado «Narnia». En ese momento, mientras inhalaba la brisa salada del océano, Maggie volvió a sentir que había encontrado algo precioso.

Se puso en cuclillas y, haciendo equilibrio, se echó un poco de agua en la cara, con la esperanza de que la ayudara a aclarar sus ideas.

Aunque la sensación del agua le resultó deliciosa y le refrescó la piel acalorada, no la ayudó en lo más mínimo a apaciguar sus ideas. Maggie se mojó un poco más y luego se enderezó.

—Todavía ni siquiera me metí al agua —se dijo entre risas.

Recogiéndose el ruedo de la falda con las manos, se adentró un poco más para recibir la próxima ola, que chocó contra sus tobillos y, luego, contra sus pantorrillas. Las olas incesantes se sentían casi como la caricia de un amante sobre su piel. Maggie se metió más, hasta que el agua le besó los muslos.

—¿No trajiste traje de baño?

Sobresaltada, Maggie se dio vuelta y casi pierde el equilibrio.

—¡Me asustaste!

—Te asustas demasiado fácil.

Maggie le sacó la lengua. De golpe, sintió un impulso repentino y lo salpicó.

—¡Toma! Ahora tú también necesitas un traje de baño.

Vane escupió y se secó la cara.

—Ey, tengo el monitor infantil. Vas a hacer que me electrocute.

—A ver si así aprendes —respondió Maggie entre risas mientras Vane se sacaba el aparato del bolsillo y lo apoyaba sobre la arena —. Qué buena idea traerlo aquí. Así puedes agarrar los terrores nocturnos justo a tiempo. —Cuando vio que Vane se sacaba la camisa, se le puso la boca seca—. ¿Qué estás haciendo?

—Tengo calor —explicó él—. Y parece que quieres compañía.

—¿Eso parece? —respondió ella. Tenía la garganta tan seca que no podía tragar. Mucho menos ahora que tenía el torso desnudo de

Vane a centímetros de su cuerpo—. ¿Haces ejercicio? —soltó sin pensar.

Él sonrió.

—Intento —respondió, y se metió en el agua de a poco hasta alcanzarla. No parecía importarle mucho que sus pantalones cortos estuvieran empapados.

Maggie negó con la cabeza.

—Tienes los abdominales marcados.

Él se tocó el vientre plano y tonificado con actitud distraída.

—No tanto como antes. Ser padre te arruina el físico. Me la paso comiendo porquerías. Me estoy poniendo debilucho.

Ella le clavó el dedo en ese abdomen tallado a mano.

—Sí. Muy debilucho.

Vane se echó hacia atrás y los músculos se le contrajeron de forma involuntaria al sentir la mano de ella sobre su piel. Al instante, a Maggie se le borró la sonrisa sarcástica y, sin poder evitarlo, levantó la cara y lo miró. Cuando vio esa expresión inescrutable en su rostro, se sonrojó y amagó a alejar la mano, pero él la sujetó y se la llevó a los labios.

—No —murmuró, rozándole la muñeca con los labios—. No dejes de tocarme —imploró y le besó la muñeca, en el punto donde sentía su pulso latiendo furioso.

Maggie movió la mano para acariciarle la cara.

—¿Así?

Él cerró los ojos y asintió. Maggie sentía el latido de su corazón en todo el cuerpo, una serie de pulsaciones lentas y constantes mientras recorría las mejillas de Vane con los dedos y trazaba el ángulo marcado de su mandíbula. Cuando le acarició la clavícula y tocó suavemente el hueco de su garganta, sintió que Vane tensaba los músculos del cuello.

—Eres hermosa —murmuró él, pero no intentó tocarla ni por un segundo.

Cuando Maggie comprendió que Vane le estaba cediendo el control de la situación, le comenzó a latir más fuerte el corazón. Podía parar cuando quisiera. Pero no quería parar. Le pasó el dedo por el medio del pecho y se detuvo en el huequito debajo del esternón, donde sus músculos convergían antes de delimitar el camino claro que llegaba hasta su ombligo. Apoyó la palma de la mano justo debajo, y ahí se detuvo.

—Si voy a seguir tocándote —murmuró, ebria de poder—, voy a tener que bajar un poco más.

Maggie sintió un temblor, como si Vane tuviera un escalofrío, y, al mirarlo, la impactó el hambre brutal que vio en su mirada. La impactó y la entusiasmó a la vez.

—Entonces baja —la instó él.

Ella se lamió los labios. Sin despegar los ojos de los suyos ni un instante, le desabotonó el pantalón. Él soltó un gemido bajo y gutural, y Maggie lo sintió estremecerse.

—¿Quieres que siga? —le preguntó.

Él cerró los ojos.

—Por favor —gruñó.

¿Cómo era posible que una palabra fuera un ruego y una orden a la vez? Maggie no podía creer lo que estaba haciendo, pero, peor aún, no podía creer lo que él le estaba haciendo a ella. Solo estaba parado ahí, sin tocarla, pero el poder que emanaba de su cuerpo, el esfuerzo atroz que le tensaba los músculos mientras dejaba las manos a los costados, le resultaba embriagador. Maggie quería ver hasta dónde podía llevarlo. ¿Qué hacía falta para que explotara? ¿Qué tenía que hacer para que Vane perdiera el control y la levantara en brazos? ¿Para que la apretujara contra su pecho y la besara hasta que le faltara el aire?

¿Acaso explotaría si le lamía el cuello mientras lo acariciaba debajo de la cintura? No, pero el sonido que hizo, un rugido que parecía salir de lo más profundo de su ser, la motivó a seguir. ¿Iba a poder resistir cuando rodeara su virilidad con las manos? Vane gruñó y, sin poder evitarlo, movió la cadera hacia adelante. Maggie sonrió, triunfal. Y, entonces, lenta, muy lentamente, y con tanta delicadeza como el agua que les lamía los talones, movió la mano.

—Ay, Dios —jadeó Vane mientras ella acariciaba su hombría. Luego, se estremeció y soltó un gemido como el de un animal herido—. Maggie, mierda, Maggie…

El modo en que pronunciaba su nombre, casi con un hilo de voz, la hizo explotar de pasión.

—¿Cuándo fue la última vez que te tocaron? —le preguntó ella.

—¿Así? —Una sonrisa triste revoloteó en los labios de Vane—. Hace mucho tiempo. Estuve… con otras cosas en la cabeza.

—¿Y qué tienes en la cabeza ahora? —preguntó Maggie y se relamió.

Eso fue lo que lo hizo explotar. No sus caricias, sino su necesidad de conocerlo. Vane soltó un gemido ahogado; Maggie esperaba que se tratara del último atisbo de cordura abandonando su cucrpo. Lo miró, expectante, y jadeó cuando sus labios se apoderaron de su boca.

Los besos de Vane siempre la dejaban atontada, pero este, bajo las estrellas, con el sonido del océano de fondo, la hizo sentir como si estuviera teniendo una experiencia extracorporal. Maggie se había divertido bastante en su época, pero esa sensación no se parecía a ningún subidón que hubiera experimentado antes. Le rodeó el cuello con los brazos y él la levantó sin esfuerzo. Luego, Maggie se aferró a él, sujetándose a su cintura con las piernas. Todos sus temores desaparecieron. No había nada más que Vane. Los labios de Vane, los dedos de Vane, los gemidos de Vane mientras ella se arqueaba contra su cuerpo.

—Te necesito —le murmuró él al oído.

—Aquí me tienes. —Maggie soltó un chillido cuando él empezó a salir del agua—. Estoy tomando la pastilla —murmuró cuando se recostaron sobre la arena.

—Y yo no tengo nada. Me hice los análisis ni bien quedé a cargo de Annabelle, y no estuve con nadie… No estoy con nadie…

Ella le agarró la cara y le mordió con suavidad el labio inferior. El ruido casi imperceptible de costuras rompiéndose mientras se arrancaban la ropa, los jadeos frenéticos mientras sus pieles se encontraban, el ir y venir de las olas y los gruñidos de Vane mientras la rozaba con su hombría eran lo único que escuchaba. Perdida en el frenesí del momento, Maggie casi ni se percató de que él había frenado hasta que notó el silencio, y abrió los ojos.

La luna ya estaba en lo alto del cielo, llena y plena, y el brillo plateado iluminaba a Vane y le daba un aire sobrenatural, sobre todo cuando la miraba así, desde arriba.

—Maggie, nunca deseé tanto a nadie como te deseo ahora, pero quiero dejar algo en claro. Si tú no quieres, puedes decírmelo. Dímelo ahora mismo, antes de que las cosas pasen a más, y me detendré.

Ella se lamió los labios. La sensación de que estaba donde siempre había querido estar era más fuerte que nunca. Le apoyó las manos en la cintura y murmuró:

—Sí.

Vane se estremeció. Con un gruñido apenas contenido, la penetró. Maggie jadeó, desconcertada ante esa sensación de completitud. Lo agarró del cuello, de los hombros; si no se aferraba a él con todas sus fuerzas, iba a empezar a caer.

—Sí, Maggie. —La voz de Vane sonaba completamente distinta. Ya no había ni rastros de entereza, orden ni control. Parecía un salvaje, apenas capaz de formar una oración. Inclinó la cabeza hasta apoyar su frente contra la de Maggie—. Sí —repitió, como si estuviera imitándola, entregándose a ella del mismo modo en que ella se había entregado a él—. Quiero escucharte.

Vane retrocedió y, en lugar de esas primeras penetraciones lentas y profundas, la penetró con movimientos cortos y superficiales que la hicieron gemir.

—¿Así te gusta? —le preguntó. Con un dedo, buscó su clítoris y lo llenó de caricias tan suaves y delicadas que Maggie sintió que iba a explotar—. ¿O te gusta más así? —le preguntó, apoyando los codos a ambos lados de su cara y penetrándola con tanto ímpetu que ella sintió que iba a partirla al medio.

La mente de Maggie era un caos de goce y confusión. ¿Cómo podía tratarse del mismo hombre? Era como si el hermoso exterior de Vane, rebosante de belleza prolija y de autoridad controlada, no fuera más que una fachada. Este hombre, el que la agarraba de las caderas y la penetraba hasta que ya no daba más, era el hombre que la había atraído tanto. Un animal salvaje y apasionado que la miraba como si fuera la única mujer en el mundo.

—Despacio —gruñó ella. Abrió y cerró los puños contra su piel mientras perseguía ese éxtasis irrefrenable que ya sentía latente en su centro.

Vane le levantó una pierna y la apoyó sobre su hombro. Ella estaba abierta para él, expuesta en todo sentido y enteramente a su merced. Él bajó la velocidad y, con cada movimiento aleccionador, la penetró más y más profundamente.

—Mierda, Maggie.

Fue ese temblor apenas controlado lo que la destruyó. Sentir que Vane se contenía la hizo perder el control. Maggie hundió los talones en la arena y arqueó la cadera para encontrarlo y, al siguiente suspiro, todo su cuerpo se puso tenso.

Maggie gritó su nombre mientras el orgasmo le atravesaba el cuerpo. Cerró fuerte los ojos y después los abrió, convencida de que estaba cayendo hacia arriba, hacia las estrellas. Vane soltó un rugido feroz y le dio todo lo que tenía mientras gritaba su nombre tan fuerte como para que se escuchara hasta en el cielo.

# 9

Vane todavía no podía creer que hubiera pasado de verdad. Parecía algo salido de un sueño, estar ahí sobre la arena con Maggie jadeando debajo de él. Cuando ella había gritado su nombre mientras acababan al mismo tiempo, había estado seguro de que estaba por despertarse.

Pero, en cambio, Maggie lo había besado y luego se habían reído de la arena que se les había metido en lugares impensados. Y ahora, unos días después de eso, bastaba con que se acercara a Maggie y le susurrara «Tienes un poco de arena ahí» para que ella se sonrojara (lo cual la hacía ver más linda que nunca) y le regalara esa sonrisa que no creía merecer. Era demasiado bueno. Esa casa siempre había sido su hogar, pero ahora lo era aún más, con la risa de Maggie y Annabelle resonando en los pasillos.

Vane se puso la camiseta y sonrió al escuchar los sonidos alegres que salían de la cocina. Era fin de semana, así que podía escucharlos. No había ningún martilleo para acallar los chillidos de Annabelle. Vane sonrió otra vez y se preguntó qué le habría dicho Maggie para hacerla chillar así. Y, sin más, bajó deprisa las escaleras para averiguarlo.

—Buenos días, señoritas —las saludó, al tiempo que se quitaba un sombrero de copa imaginario y hacía una elegante reverencia—. Se ven encantadoras hoy.

—¡Tío Vane! —Annabelle puso los ojos en blanco—. Eres muy cursi.

—Es educado —la corrigió Maggie, y le dedicó su sonrisa más hermosa a Vane—. No tiene nada de malo ser educado.

—Gracias, señorita Stewart. Me alegra que una maestra de su calibre se dé cuenta de eso.

—¿Qué significa «calibre»? —preguntó Annabelle mientras Vane le servía otra taza de café a Maggie antes de servirse una para él—. ¿De qué estás hablando?

—¿No sabes lo que significa «calibre»? —preguntó Vane, fingiendo estar horrorizado—. Voy a tener que hablar con tu maestra —dijo y, bajando la voz, agregó mientras miraba a Maggie de reojo—: Quizás hoy a la noche.

Ella frunció la nariz, y él rio y se estiró para agarrar un cuenco de la alacena y, a propósito, se apoyó contra ella. Para su alegría, ella no intentó esquivarlo.

—Ya que tenemos el día libre —dijo Vane luego de servirse cereales—, pensaba que podríamos pasar el día en la playa los tres juntos. Va a hacer calor y sería lindo nadar un rato.

Annabelle dejó de masticar y, tras tragar, le sonrió a su tío.

—Solo me meto hasta las rodillas —admitió—. No sé nadar.

Vane se quedó helado.

—¿En serio? —Sentía la mirada sorprendida de Maggie clavada en él. Burlarse de Annabelle por no conocer una palabra era una cosa, pero ¿cómo se le había pasado el hecho de que no supiera nadar? ¿Acaso Maggie pensaba que él debería saberlo? Mierda, tenía razón, sí debería saberlo—. ¿Nunca fuiste a clases de natación?

—Sí, pero me daba miedo —respondió Annabelle encogiéndose de hombros—. El instructor era muy gritón. Cuando le dije a papá que no quería ir más, se enojó mucho y fue a la piscina y le gritó al profesor que era un imbécil que se creía mucho.

—¡Annabelle! —la reprendió Maggie.

—Solo estoy repitiendo lo que dijo papá. ¡No estoy diciendo malas palabras! —protestó Annabelle con inocencia—. Bueno, y después de eso, papá se enfermó, y no volví más a natación.

La mano de Maggie en su hombro hacía que Vane se sintiera más tranquilo.

—Entiendo.

—¿Qué te parece si retomamos las clases entonces? —preguntó Maggie. Le apretó el hombro a Vane y, una vez más, él sintió que estaba soñando.

—Bueno —accedió Annabelle, tímida de repente.

—Muy bien. Termina de desayunar y empezamos.

A Vane siempre le iba mejor cuando tenía metas específicas, y enseñarle a nadar a Annabelle le parecía una gran meta. Además, tenía la ventaja de permitirle ver a Maggie en traje de baño. Ella se había puesto un bikini de tiro alto, estilo *vintage*, con un tierno moñito entre los pechos, y a Vane se le secaba la boca cada vez que la miraba. Era una mezcla de inocencia, con esos detalles aniñados, y de seducción, con la promesa de que bastaba solo un tirón para que sus senos quedaran descubiertos. Despreocupado y sensual sin tener la intención de serlo. Básicamente, cien por ciento Maggie.

—¡Qué bien! —exclamó Maggie entre risas cuando vio que Annabelle ya se sentía cómoda metiéndose en el agua hasta la cintura.

—Creo que es momento de hacer algunas burbujas, ¿qué te parece? ¿Puedes meter la cara en el agua? —le preguntó Vane.

—¿Qué? ¿Cómo?

Annabelle dejó que Vane la guiara hasta sumergir la barbilla en el agua, pero, ni bien tocó el agua con la boca, comenzó a retorcerse, a dar patadas y a sacudirse hacia atrás.

—¡Ay! —gritó Maggie cuando el agua la mojó de pies a cabeza.

Annabelle se incorporó de un salto, mortificada.

—¡Perdón, señorita Stewart!

Maggie se secó la cara y rio.

—Creo que me voy a alejar de la zona de salpicaduras. ¿Sí? —dijo, mirando a Vane.

De inmediato, él se sintió culpable. Le había dicho que era su día libre y, sin embargo, Maggie aún estaba trabajando. No estaba ahí por pura amabilidad; era la niñera, su empleada. Y no le había dado un día libre en demasiado tiempo.

—Por supuesto. Ve a relajarte. Nosotros estamos bien.

—Una amiga me escribió a la mañana. ¿Te molesta si le contesto?

Vane se dio cuenta de que, hasta ese momento, no la había visto usar el celular, ni cuando estaba con Annabelle ni cuando estaba con él.

—Claro que no. Tranquila.

Maggie esbozó una sonrisa de gratitud y sacó su celular del bolso.

—¡Mira, tío Vane! ¡Lo logré! —exclamó Annabelle. Cerró los ojos y sumergió la cara en el agua; al instante, un montón de burbujas emergieron en la superficie.

—¡Lo lograste! ¡Bien hecho!

Vane y Annabelle chocaron los cinco, y luego él empezó a enseñarle a flotar de espaldas. Ahora que Annabelle flotaba a salvo entre sus brazos, Vane se permitió echar un vistazo hacia la playa. Maggie estaba caminando de un lado al otro; daba vueltas en círculos con expresión distraída y hundía los dedos en el agua sin despegarse el celular de la oreja. Vane no llegaba a verle la cara de tan lejos, pero sus movimientos le parecieron preocupantes. Curvaba el cuerpo como si quisiera enfrentarse a una persona invisible.

—Voy a hacer burbujas de nuevo —anunció Annabelle cuando él la ayudó a incorporarse—. ¿Me estás mirando?

—Sí, te estoy mirando.

Annabelle sumergió la cara en el agua, pero calculó mal la respiración e inhaló en el preciso momento en que hundió la nariz.

—¡Agh! —exclamó al salir del agua y escupió. Parecía tan ofendida de que el océano la hubiera traicionado de esa manera que Vane tuvo que taparse la boca para disimular las ganas de reír.

—Seguro te arde, ¿no?

—Puaj, qué asco. Me cansé.

Annabelle enfiló rumbo a la playa y, tras soltar un resoplido, se envolvió en la toalla. Luego, se dejó caer sobre la manta con expresión desdichada.

—Ey, no te rindas. Si quieres, descansamos un rato, pero te estaba yendo muy bien. Si sigues así, seguro ya sabrás nadar para cuando termine la semana.

Annabelle lo miró con mala cara.

—¿Puedo construir un castillo con arena chorreando? No quiero nadar.

—¿Con arena chorreando? No sé cómo se hace eso —respondió Vane, arrodillándose en la arena—. Ahora te toca a ti enseñarme algo.

Annabelle estaba muy concentrada explicándole las proporciones adecuadas de arena y agua para alcanzar la consistencia perfecta cuando regresó Maggie. Metió su celular en el bolso y se quedó mirando a lo lejos, con expresión preocupada.

—¿Todo bien? —le preguntó Vane, aunque era obvio que no.

A Maggie se le curvaron los labios y esbozó una sonrisita culpable.

—Mi mejor amiga toma unas… —Miró de reojo a Annabelle y eligió con cuidado las palabras—. Siempre tiene problemas con…

Vane comprendió al instante lo que quería decir.

—¿Con sus impuestos?

A Maggie le brillaron los ojos.

—Eh, sí —respondió, dejándose caer sobre la manta—. Hace tiempo que viene viendo a su, eh, contador, pero todavía no logra que él…

—¿Firme un contrato?

Maggie parecía cada vez más divertida.

—¿Cómo supiste?

—Conozco a varios contadores así.

—¿De qué están hablando? —preguntó Annabelle.

—De cosas aburridas de gente grande —respondió Vane de inmediato, y le sonrió a Maggie—. Pero ¿ella quiere que él firme un contrato?

—Ella cree que no. Siempre dice que, eh, prefiere dejar las opciones abiertas, Ya sabes, por si aparece… —Maggie observó a Annabelle otra vez— alguien que sea mejor con los impuestos. Pero este contador es el mejor para su, eh, tramo fiscal.

—¿Estás segura? Digo, si no quiere firmar un contrato, me parece que no la valora como clienta.

—Me aburro —se quejó Annabelle.

—La mayoría de las cosas de grandes son aburridas —dijo Maggie, y Vane se esforzó por no reír. Luego, lo miró y agregó—: Eso es lo que le digo yo. Merece tener un contador que se preocupe por, eh, todos sus trámites. No solo los divertidos.

—Ella no le debe nada solo por ser su clienta ¿hace cuánto?

—Dos años. —Maggie sonrió con amargura—. En total, en un período de cinco años.

—Si yo fuera ella, le diría a ese contador que una relación de negocios es responsabilidad de los dos. Y que la comunicación es clave. A veces, los contadores no entienden las necesidades de sus clientes. Las expectativas tienen que estar bien claras, porque, si no, quizás el contador no se dé cuenta de que no está cumpliendo con sus obligaciones contractuales.

—En serio, qué aburrimiento —dijo Annabelle y, suspirando, puso los ojos en blanco.

Maggie se echó a reír.

—Bueno, ya está —dijo y miró a Vane con tanta calidez que él sintió la necesidad de meterse al agua otra vez—. Gracias por el consejo. Sabes mucho sobre, eh, contabilidad.

Él sonrió.

—Eso creo.

En realidad, no sabía tanto. Pero, cuanto más tiempo pasaba con Maggie, más deseaba saber más.

# 10

Su vida había empezado a seguir un patrón. Vane trabajaba durante el día mientras Maggie y Annabelle jugaban juntas, y luego los tres se reunían para cenar. En las noches en que el tiempo estaba lindo, salían a caminar por la playa. En las noches lluviosas, en cambio, se fijaban qué juegos de mesa podían desenterrar del depósito que habían encontrado en el ático. Hasta ese momento, habían jugado una vez al Monopoly (eso había terminado muy mal) y una vez al Pictionary (eso había terminado muy bien). Ninguno de los tres había logrado descifrar las reglas del Risk, así que habían inventado sus propias reglas.

Vane había olvidado lo divertidos que eran esos juegos. Le permitían ver un lado de Maggie, el lado amable y generoso que prefería perder a propósito para no hacer sentir mal a los demás, que lo hacía sentirse incluso más atraído hacia ella. Y también le permitían conocer mejor a Annabelle. La niña tenía la veta competitiva de Colby, un descubrimiento que le había dolido la noche en que su sobrina ganó el juego de Monopoly aumentando los alquileres sin piedad. Pero también tenía una empatía que Colby nunca había tenido. Con tan solo mirarle la cara, Annabelle sabía lo que sentía Vane y, a veces, hacía comentarios tan perceptivos que lo dejaba anonadado. Para Vane, era increíble y desgarrador a la vez darse cuenta de que, si Colby no hubiera muerto tan joven, nunca habría tenido el privilegio de conocer a Annabelle tan bien. Si su padre aún estuviera vivo, Vane seguramente solo vería a la niña en las vacaciones y en reuniones familiares. Solo la conocería como una figura pasajera que lo saludaba con un abrazo dado a regañadientes. La idea de quererla de una manera algo indiferente, a diferencia del cariño profundo e inmenso que sentía por ella ahora, lo ponía muy triste. La idea de que ella hubiera tenido que perder tanto para que él pudiera ganar tanto era muy triste. Pero Vane también se sentía agradecido. Quizás a eso se refería la gente cuando hablaba de una sensación agridulce.

Parecía que la rutina ayudaba a Annabelle. Hacía una semana entera que no tenía terrores nocturnos. Pero, por las dudas, Vane llevaba el monitor infantil cada vez que Maggie y él iban a la playa de noche.

—Mira, escucha —dijo Vane. Dio un paso más en la arena, y el zumbido del monitor desapareció.

—O sea que la señal llega hasta aquí —comentó Maggie, riendo—. ¿Fuimos casi hasta la otra punta de la isla anoche, pero en esta parte no hay señal?

—Así parece. —Vane dio un paso atrás y otra vez se escuchó el zumbido del monitor. Sonriendo, extendió los brazos—. Ven aquí.

Ella dio un paso adelante, y a Vane le pareció invitación suficiente. Con un gruñido, la atrajo hacia su pecho y le estampó un beso. Durante todo el día había deseado hacerlo. Durante todo el día había buscado maneras de acercarse a su cuerpo, de enterrar la cara en ese hueco suave donde su cuello y su hombro se unían e inhalar la dulce fragancia que emanaba de su piel. Durante todo el día, solo había logrado robar algunos momentos furtivos con ella, pero ahora era toda suya otra vez. Suya para saborear. Suya para devorar.

—Acuéstate —le ordenó.

Maggie se hundió en la arena blanda, con el vestido suelto abullonado en los muslos, y, por un instante, Vane solo deseó deleitarse con su belleza a la luz de la luna. La luz tenue y plateada le iluminaba el pelo, que parecía brillar desde adentro, desparramado sobre sus hombros.

Pero Vane llevaba todo el día esperando ese momento, y la paciencia nunca había sido su fuerte. Se puso de rodillas y, tras levantarle las piernas a Maggie, las apoyó sobre sus hombros.

—Estamos a kilómetros de una casa —le dijo. Ella abrió mucho los ojos, y él sonrió—. ¿Qué? ¿Crees que sabes lo que planeo hacerte?

—Sí, creo que sí.

—Dímelo. —Escuchar a Maggie diciendo cosas atrevidas se había convertido en una obsesión para Vane. Esa combinación perfecta de inocencia y sensualidad lo volvía loco—. Dime exactamente qué piensas que voy a hacerte.

Con suavidad, Vane le acarició la piel suave del muslo, sin despegar los ojos de ella. Maggie se mordió el labio inferior.

—Basándome en mi experiencia de las últimas noches, vas a besarme ahí abajo.

—¿Y después qué va a pasar?

Vane la acarició más arriba y jugueteó con el elástico de su ropa interior antes de sujetarla y bajársela. Maggie jadeó.

—Creo —murmuró ella, mientras la brisa fresca lamía sus partes más ardientes—, que me vas a hacer acabar.

—¿Cuántas veces? —insistió él, trazando un camino hacia su centro y rozando apenas su clítoris, como sin querer. Al instante, Maggie se puso tensa—. Ya estás mojada —observó—. Vamos, adivina. ¿Cuántas veces crees que te voy a hacer acabar?

—¿Tres? —Maggie jadeó cuando él empezó a hacer círculos con el pulgar.

—¿En mi cara? Claro. Me vas a acabar tres veces en la cara, y después empezamos de nuevo cuando te esté cogiendo.

—No puedo creer —gimió ella, con la voz más ronca a medida que él movía más rápido los dedos— que me parecieras tan correcto. Eres un animal.

—Solo contigo, hermosa —prometió él. Le levantó un poco las caderas y le abrió más las piernas—. Solo contigo.

Vane hundió la cara entre sus muslos. Esa primera lamida, suave y prolongada, era lo que más le gustaba. Dejaba que la boca se le llenara de su sabor y gemía satisfecho, porque sabía que a ella también le encantaba que él fuera atrevido.

—¿Por qué eres tan deliciosa? —le preguntó, con la voz amortiguada por la suavidad de su piel—. Dulce como un caramelo.

En respuesta, Maggie soltó un grito agudo y prolongado que le avisó que ya estaba cerca. Vane ya conocía todos sus gritos: los gemidos impacientes como los de una gatita que lo instaban a darle más; los gritos roncos y graves cuando se deshacía. Y estos eran sus favoritos. Los sonidos animales y agudos que casi parecían el llamado de una gaviota cuando estaba a segundos de explotar.

Vane la besó y succionó suavemente antes de deslizar la lengua sobre su clítoris inflamado. Al instante, ella se arqueó soltando un grito que hizo eco en las olas, y luego volvió a desplomarse sobre la arena, blanda como gelatina. Mientras lo miraba con expresión fascinada, Maggie respiró agitada, y Vane sonrió.

—Uno —contó.

—Me voy a morir —se quejó ella—. Asesino.

—Ningún jurado me condenaría.

Su sonrisa pícara lo desarmaba.

—Voy a tener que defenderme —declaró Maggie. Lo agarró de la cintura del pantalón y, sin darle tiempo de pensar, hundió la mano dentro y sujetó su hombría. Luego, sonrió con más ganas—. Ah, una debilidad.

—¿Una debilidad? Muchas gracias, es justo lo que nos gusta escuchar a los hombres. —Maggie tironeó suavemente, y Vane casi se cae—. Bueno, está bien —dijo entre dientes, y se aguantó las ganas de festejar su triunfo—. Me rindo, me rindo.

—Es defensa propia —replicó ella entre dientes y, de un empujón, lo tiró sobre la arena. Luego, se levantó el vestido para montarse encima de él.

Vane vio la oportunidad y la aprovechó. Agarrándola del trasero, la tironeó hacia adelante, y ella soltó un gritito al perder el equilibrio. Luego, volvió a gritar cuando él la sujetó de los muslos.

Tener a Maggie acostada de espaldas sobre la arena había sido la gloria. Pero tener a Maggie así, montada sobre su cara y cabalgando sobre su lengua como una vaquera en un rodeo, era mil veces mejor. Vane la sujetó en su lugar mientras ella corcoveaba, se arqueaba y se frotaba contra él.

—Mierda, Vane. Por Dios. ¡Vane!

Su voz se puso más aguda mientras él la cogía con la lengua sin clemencia y dejaba que su sabor le inundara la boca. Vane gruñó y movió las caderas al ritmo de sus lengüetazos. Estaba muy cerca del límite, y ella lo había llevado ahí.

—Acaba para mí —masculló.

No estaba seguro de si se llegaba a escuchar su voz contra su piel, pero Maggie obedeció casi al instante. Con un grito fuerte y ronco, apretó los muslos y se tiró hacia adelante. Vane la sostuvo mientras ella arqueaba la espalda como una gata.

—¡Vane! —gimió.

Él la dio vuelta y la hizo acostarse sobre su espalda. Ella aún estaba temblando y abrió los ojos de golpe cuando Vane la penetró con un movimiento potente.

—Todavía estás acabando —gruñó él—. Mierda, Maggie, te siento acabando.

—Vane. —Maggie le rodeó el cuerpo con las piernas y lo atrajo hacia sí—. Por Dios.

—Igual… —Vane estaba al borde de la locura de tanto deseo, pero se obligó a tomarse su tiempo. A disfrutarla con movimientos lentos y constantes, porque sabía que iban a pasar al menos veinticuatro horas hasta que la volviera a tener—. Igual te voy a hacer acabar con la lengua una vez más. Me dejé llevar. Perdón.

—Estás perdonado. Ahora cógeme, por favor.

La combinación perfecta de inocente y sensual. Lo volvía loco. Vane se apoyó sobre los codos para elevarse e hizo exactamente lo que le pidió Maggie. La cogió. Sin importar lo violento o bruto que fuera, parecía que ella siempre quería más. Maggie le rasguñó la espalda mientras él se movía más y más rápido. Vane sintió como si un relámpago le recorriera la columna, y luego explotó detrás de sus ojos y todo se puso negro. Acabó soltando un rugido justo al mismo tiempo que

Maggie gritaba. Hundiendo la cara en su cuello, Vane se movió en un éxtasis de agonía y alivio mientras ella acababa, y se dejó usar para llegar al clímax una vez más porque, vaya, Maggie era... perfecta.

~

—¿Estás seguro? —le preguntó Vane a Al otra vez.

Él puso los ojos en blanco.

—Mira, te agradezco por el desayuno y por todo, bonito. Pero el día en que no pueda hacerle frente a una reunión con el inspector será el día en que cuelgue mi casco y me mude a Palm Springs como quiere mi señora. —Al puso los ojos en blanco y miró de reojo a Maggie, que estaba untándole una tostada a Annabelle—. Tienes cosas más importantes que hacer.

Vane abrió la boca para protestar, y la cerró sin decir ni una palabra. Sin dudas, a su manera (sarcástica y seca, claro), Al le estaba haciendo un favor al ofrecerse a encargarse de la reunión. Y, aunque en el pasado Vane hubiera insistido en estar presente tratándose de algo tan importante como una revisión de permisos, ahora que Maggie estaba ahí como una especie de ángel del amanecer, la verdad, no se le ocurría nada que fuera más importante que estar con ella.

—Tienes razón. Tengo cosas más importantes que hacer —bromeó Vane mientras Al se levantaba de la mesa—. Después de todo, soy un hombre importante y ocupado.

Al le mostró el dedo del medio, un saludo amable tratándose de él —primero se fijó que Annabelle no estuviera prestando atención— y se terminó de un trago su café.

—Hazme un favor y sal de mi vista. Vete a la otra punta de la isla si puedes. Lo último que necesito es a un tipo de traje elegante metiéndose en mis asuntos.

Al apoyó la taza sobre la mesa, se limpió la cara y, sin siquiera decir adiós, salió de la cocina.

—Bueno —dijo Maggie, entre divertida y escandalizada.

—Creo que nos acaban de echar —replicó Vane—. Mejor hagámosle caso.

—¿Qué vamos a hacer? —preguntó Annabelle. Levantó la vista y miró a Vane con interés. Tenía migas en la comisura del labio y todavía tenía el pelo enmarañado, y le brillaban los ojos como a todos los niños cuando huelen una aventura.

Vane se conmovió de solo mirarla, y sintió la necesidad de detener ese momento y preservarlo en ámbar. De congelarla para siempre, tal como estaba. Y solo conocía un modo de hacerlo.

—¿Qué te parece —le preguntó, pronunciando cada palabra con cuidado— si nos sacamos unas fotos?

—¡Sí! —exclamó Annabelle, levantándose de la silla de un salto—. ¡Me voy a arreglar!

Sin más, salió disparada hacia su cuarto, y Maggie miró a Vane con cara de confundida.

—¿Eres fotógrafo?

—«Fotógrafo» es mucho decir. Soy un *amateur* con un equipo lo suficientemente bueno como para fingir que sé sacar fotos.

—¿Cómo puede ser que no lo supiera?

—Apuesto a que hay muchas cosas que no sabes de mí —respondió Vane y, aprovechando que Annabelle no estaba, le rodeó la cintura con el brazo y la atrajo hacia sí—. Pero si te quedas un poco más, te contaré todos mis secretos.

A Maggie se le borró la sonrisa, y Vane dejó caer la mano y se sonrojó.

—Es broma —dijo, intentando salvar su error—. Ya sé que te vas pronto.

—Sí —respondió Maggie. Sin más, se dio vuelta y comenzó a levantar los platos del desayuno.

# 11

Maggie arrastró los pies en la arena. Delante de ella, Annabelle chapoteaba en el agua con actitud dramática, y posaba con todas sus ganas.

—¡Deja de mirar a la cámara! —le dijo Vane entre risas por enésima vez—. Se supone que son fotos espontáneas, pero estás posando.

—¡No estoy posando! —protestó Annabelle antes de posar otra vez.

Vane miró por encima de su hombro, todavía riendo, pero cuando hizo contacto visual con Maggie, se le borró la sonrisa.

—¿Qué estás haciendo allá atrás? —le preguntó—. Ven aquí. Bien adelante. Quiero verte.

—¡Venga, señorita Stewart! —la invitó Annabelle.

Para complacer a la niña, Maggie accedió a ser partícipe de ese juego. Intentó ignorar la oleada de miedo que le había causado el comentario al pasar de Vane en la cocina, y se unió a Annabelle, que seguía chapoteando sin ninguna espontaneidad. Con ayuda de Vane, descubrió que podía ignorar la voz de su madre que la exhortaba: «No te detengas. Que no te salga musgo», y que podía disfrutar del momento. Vane se acercó un poco más; el obturador de su cámara cara no paraba de sonar, como el de los *paparazzi* en la alfombra roja. Al rato, Vane rebuscó dentro de su bolsa.

—Necesito una nueva tarjeta de memoria —comentó con un suspiro—. Justo cuando estaba entrando en calor.

—Ya sacaste como un millón de fotos.

—Como dije, recién estoy entrando en calor. —Vane le sonrió, y Maggie sintió que toda su preocupación se desvanecía—. Igual, ya debe ser la hora del almuerzo. Vamos a comer, y descargo las fotos en la computadora.

Los tres juntaron sus pertenencias y se dirigieron a la casa. Al llegar, se encontraron con Al, que estaba muy serio.

—Lo primero que quiero decir es que fue mi culpa —anunció—. Y me haré cargo de todos los costos.

Vane se detuvo en seco.

—¿Qué está pasando, Al?

—Un proveedor la cag… —Al miró de reojo a Annabelle—. Un proveedor metió la pata —se corrigió—. Me hubiera dado cuenta si hubiera recibido yo el pedido, pero dejé que el imbécil… Perdón, que el sobrino de mi esposa lo recibiera porque necesita tener créditos para la pasantía. —Al se levantó el casco y se secó el sudor de la frente—. Quiero que sepas que ya despedí a ese inútil de mierda. Perdón —agregó, al ver que Annabelle abría grandes los ojos.

—Pero ¿qué pasó? —preguntó Maggie.

—Mandaron madera del grado incorrecto —respondió Al. Parecía muy apenado—. Quisieron sacarse el pedido de encima y nos mandaron esa mierda barata, perdón, en vez de mandar la que cumple los requisitos. Y el carpintero con el que trabajo siempre se tomó unos meses porque su esposa acaba de tener un hijo. No creí que fuera necesario revisar la madera porque estoy muy acostumbrado a que él se ocupe de esa mierda… Perdón. Pero, como la recibieron, los albañiles la usaron igual. —Al se secó el sudor de la frente otra vez—. Es un desastre, y te pido mil disculpas.

Vane apretó los labios.

—¿Cuánto tiempo?

—Obviamente, despedí bien despedido a ese proveedor. Pero vamos a tener que deshacer todo el trabajo que hicimos con la madera equivocada y esperar a que llegue la nueva, que sí cumple los requisitos, para empezar de nuevo. —Al negó con la cabeza—. Calculo que serán cuatro semanas más.

Vane respiró profundo.

—Mierda.

—Dijiste una mala palabra, tío Vane —dijo Annabelle muy contenta.

Él negó con la cabeza.

—A veces está justificado —dijo y le agarró la mano a Al—. No voy a dejar que absorbas el costo de esto. Sabes que el dinero no es un problema para mí.

Al asintió.

—El tiempo sí.

—Sí. —Vane volteó a mirar a Maggie y esbozó una sonrisa avergonzada—. Odio tener que pedírtelo, pero no tengo otra opción.

—¿Que me quede? —chilló Maggie. Todos la estaban mirando. Hasta el sol parecía un reflector... o la luz brillante de una sala de interrogatorios.

—Odio tener que pedírtelo —repitió Vane. Y se veía apenado en serio—. Te puedo pagar de más, como una tarifa por horas extra o...

—Basta —le pidió ella. No hacía falta que le recordara que le estaba pagando, mucho menos después de lo que habían hecho la noche anterior, y la noche anterior a esa, y la noche anterior a esa. De golpe, sintió la necesidad de darse una ducha—. Sé que me necesitas...

—Sí.

—Y yo también —intervino Annabelle con tristeza.

A Maggie se le estrujó el corazón.

—¿Por cuánto tiempo?

—Hasta que termine el verano.

Maggie tragó saliva. Eso significaba que iba a terminar de trabajar allí en la misma fecha en la que empezaba en su nuevo trabajo. No iba a tener tiempo para tomarse vacaciones. Nada de viajar ni de explorar, solo el comienzo de un período de cinco años atrapada en el mismo lugar. Ante la mera idea, sintió que un escalofrío de pánico le recorría la columna, pero ¿qué podía hacer? Todos dependían de ella. Los estaba ayudando. ¿Cómo podía negarse?

—Está bien —dijo, y soltó un suspiro explosivo—. Ya que estamos en el baile... ¿No? —Armándose de todo el valor que tenía, anunció—: Me quedo.

Lo primero que notó Maggie cuando se despertó al día siguiente fue que todo estaba mal. ¿Por qué no había sonado la alarma? ¿Por qué no había entrado Annabelle en puntas de pie para despertarla? ¿Por qué la inclinación del sol indicaba que ya estaba a medio camino en el cielo?

Maggie se levantó de un salto, con el corazón desbocado, y salió corriendo hacia el cuarto de Annabelle. La puerta estaba abierta, la cama estaba desarreglada y deshecha y, para espanto de Maggie, los cajones estaban abiertos y era obvio que alguien los había revuelto.

—¿Annabelle? —la llamó, casi ahogándose con su nombre.

—Hola.

Maggie gritó y se dio vuelta. Vane levantó las manos en el aire.

—Ey, no me ataques. Soy yo.

—¿Dónde está Annabelle? ¿Por qué no me despertaste? ¿Está abajo? ¿Qué está pasando? ¿Por qué parece como si hubiera explotado una bomba aquí? Bueno, más que de costumbre.

Vane soltó una risita.

—Voy a responder las preguntas de atrás para adelante, si no te molesta. Está todo desordenado porque Annabelle es pésima empacando. No está abajo; de hecho, está en la carretera ahora mismo. No te desperté porque quería dejarte descansar.

—Pero ¿por qué? ¿Dónde está?

—Ups, me olvidé de responder la primera pregunta, ¿no? —Vane entró a la habitación y la abrazó—. Llamé a mi hermano y le pedí que la cuide por un par de días —le explicó, con una sonrisa apenada—. Sé que querías tener vacaciones. No puedo darte unas al final del verano como querías, así que pensé que al menos podía darte unas ahora.

—¿Tu hermano?

—Art acaba de tener un hijo, y Annabelle ama a ese diablito más que a nadie en el mundo. Le encantó la idea de pasar un par de días con el Canguro Jack.

Un poco de la tensión que sentía se disipó, y Maggie se relajó contra el pecho de Vane.

—¿O sea que ya no soy niñera?

—No. Es más, te prohíbo que hagas nada relacionado con ser niñera por los próximos tres días. —Vane la besó lenta y profundamente antes de alejarse—. Me alegra que hayas podido dormir, pero tenemos que apurarnos. Nuestro avión sale en una hora.

—¿Qué? —chilló Maggie—. ¿Nuestro avión?

Vane negó con la cabeza.

—Nuestro *jet*, para ser más preciso, y supongo que no hay problema si llegamos tarde, considerando que somos los únicos pasajeros y que no van a irse sin mí. Pero igual, apresurémonos.

Completamente desconcertada, Maggie se aseó y se vistió. Acababa de servirse una segunda taza de té verde cuando oyó el sonido de ruedas sobre la grava de la entrada y se acercó a mirar por la ventana.

—Ya llegó el auto. ¿Empacaste? —dijo Vane, y saludó al conductor con la mano.

—¿Tienes chofer? —Maggie miró impresionada al hombre de uniforme que estaba subiendo las escaleras del porche.

—Podría decirse. Casi siempre le pago por quedarse sentado —bromeó Vane mientras estrechaba la mano del hombre—. Frank Meechum, te presento a Maggie Stewart.

—Un placer —dijo Frank, y le besó la mano en una clara demostración de caballerosidad—. Y le recuerdo, señor, que me paga por estar disponible, no por quedarme sentado.

—Ah, ¿así era? —respondió Vane, riendo—. Bueno, debe valer la pena entonces. Las valijas están en el descanso de la escalera.

—Yo puedo traer mis valijas —protestó Maggie, pero Frank ya estaba subiendo las escaleras a toda velocidad, de a dos escalones a la vez. Vane le sostuvo la puerta para que saliera—. En serio, no hace falta.

—Deja que se gane su sueldo —repuso Vane entre risas y la guio hacia la elegante limusina.

Ella se deslizó en el asiento trasero y tragó saliva mientras recorría con los dedos el cuero untuoso y suave de los asientos. Sabía que Vane tenía dinero —la hermosa casa y la costosa remodelación eran indicios claros de eso—, pero ¿un chofer con uniforme y todo? ¿Acaso quería alardear frente a ella?

—¿Al aeropuerto, señor? —le preguntó Frank luego de dejar las valijas en el espacioso baúl.

—Hobbes ya nos está esperando en el *jet*. Seguro está de mal humor porque lo hice levantarse temprano.

—Sin ofender, estoy bastante seguro de que Hobbes siempre está de mal humor, señor.

—¿Quién es Hobbes? —preguntó Maggie, confundida.

—Jonny Hobbes. Es mi piloto.

—Ya no lo sería si usted terminara el entrenamiento, señor —observó Frank desde el asiento delantero—. Siempre dice que no ve la hora de volar solo.

—No te metas en mis asuntos, Frank —dijo Vane riendo.

—Espera. ¿Tienes un avión privado?

Maggie miró fijo a Vane y se preguntó qué otras cosas no sabía sobre él.

—Cuando empecé a moverme de una costa a la otra, me pareció que tenía sentido —le explicó Vane, como si comprar un avión privado fuera lo mismo que comprar un pasaje de autobús—. Es un poco exagerado para un viaje corto como este, lo admito, pero no quería perder ni un segundo.

Vane le besó la mano y, nerviosa, Maggie tragó saliva e intentó reprimir las ganas de criticarlo. Escuchaba la voz de su madre en la cabeza, resoplando con desdén antes de soltar una perorata sobre los ricachones y su maldad inherente. Pero Vane no era malo. Era una buena persona y trataba a sus empleados con respeto, calidez y simpatía. Parecía que todos lo querían, incluso Hobbes, que, efectivamente, estaba de mal humor. Era el mismo Vane que la hacía preguntarse si por fin podía dejar esa búsqueda incesante.

Cuando llegaron a la región vinícola y otro conductor los llevó a una posada rústica, Maggie se sintió tranquila otra vez. La cabaña privada era de buen gusto y lujosa, pero no opulenta. Y la dueña de la posada, Melody, una hippie que tenía el cabello inflado y las muñecas adornadas con brazaletes, le hizo acordar tanto a Kiara que tuvo que mirarla dos veces tras llegar.

—Nosotros mismos aplastamos las uvas —les explicó Melody al final de un breve recorrido por el terreno, donde había un lago privado y varias hectáreas de vides. Maggie miró de reojo los pies descalzos de Melody y esperó que no se refiriera a eso cuando decía «aplastar»—. Este año, ya produjimos seis varietales, y estamos creciendo todavía más. Nuestro *blend* icónico es un Riesling que añejamos en barricas de roble, como si fuera Chardonnay. ¿Quieren que les mande una botella a la cabaña?

—Por favor, pero... —Vane hizo una pausa y devoró el cuerpo de Maggie con la mirada—. Más tarde, ¿sí?

Maggie sintió que se le sonrojaba hasta el cuero cabelludo y soltó una carcajada cuando Vane la alzó en brazos y la llevó corriendo hasta su cabaña. Estando así, aferrada a su cuello y besándolo, Maggie casi sentía que estaba todo bien. Que quizá podían quedarse así para siempre. Pero sabía que tenían los días contados. Vane le había pedido que se quedara más tiempo, pero... ¿querría que se quedara todavía más? Y si se lo pidiera, se preguntó Maggie mientras iban a tropezones hasta la cama, ¿tendría la valentía de decir que sí?

# 12

—¡Volvieron! —chilló Annabelle al ver salir a Maggie y Vane de la parte de atrás de la limusina.

—¿Cómo estás, Frank?

Una versión rubia y tatuada de Vane saludó al chofer desde el porche. Estaba meciendo a un niño fortachón entre sus brazos y no parecía preocuparle mucho el hecho de que el niño estuviera intentando zafarse y arrojarse hacia la libertad.

—Muy bien, señor McClellan…

—¿Cuántas veces tengo que pedirte que me digas Art? —se quejó la versión rubia de Vane—. Dios, qué incómodo.

—Maggie, te presento a mi hermano Arthur —dijo Vane, poniendo los ojos en blanco—. Te juro que no nos criaron en una granja, pero él se porta como si fuera así.

—Ah, así que tú eres Maggie. Pareces divertida. ¿Por qué rayos querrías pasar tiempo con mi hermano? —Arthur suavizó su comentario con una sonrisa y le palmeó la espalda a su hermano. El bebé le dio un cabezazo, y él rio y se llevó la mano a la cara—. Mejor me voy antes de que intente tirarse al océano. La casa está quedando muy bien, Vane.

—Es la idea —respondió él, y le dio un apretón de manos—. Gracias por hacer de niñera con tan poco aviso.

—La princesita hizo más de niñera que yo, la verdad.

—¡Tío Vane! ¡El tío Art me dio dinero! —exclamó Annabelle desde el porche—. ¿Puedo comprarme algo?

—Tienes que enseñarle a invertir —comentó Art y le guiñó el ojo a Vane—. Esas cosas aburridas que le gustaban al abuelo. —El bebé soltó un chillido frustrado e intentó tirarse de cabeza al piso, pero Art lo atajó sin nada de esfuerzo y se echó a reír—. Bueno, ya voy a tener que atarlo. Un gusto conocerte, Maggie. Si logras que Vane se relaje un poco, te voy a estar muy agradecido.

Luego de que Art colocara al bebé en el asiento trasero de su auto deportivo y se marchara a toda velocidad, Vane soltó un suspiro de fastidio.

—Mi hermanito es adorable.

—Es gracioso —rio Maggie—. ¿Seguro que son hermanos?

—Ey, yo te hago reír —protestó Vane. Acercándose a ella, le susurró al oído—: Y, todavía más importante, te hago hacer otros sonidos.

—¿De qué están hablando? —preguntó Annabelle con inocencia.

—¿La pasaste bien con tu primo Jack? —repreguntó Vane. Se acercó a su protegida y le besó la coronilla, un gesto que a Maggie le derritió el corazón—. Es terrible.

—Conmigo no —declaró Annabelle con orgullo—. La tía Cassandra dice que tengo el toque mágico. Ayer se quedó dormido conmigo a la hora de la siesta, y la tía Cassandra dice que siempre lo tiene que mecer como una hora para que se duerma, pero conmigo se durmió en menos de cinco minutos. Creo que cuando sea grande voy a abrir una guardería o voy a ser enfermera para cuidar bebés en un hospital, porque soy la mejor niñera del mundo.

Annabelle continuó su monólogo mientras los tres caminaban hacia la casa, pero, al entrar, los recibió una avalancha de ruido y polvo.

—¡Uf! —exclamó Annabelle antes de estornudar tres veces seguidas—. ¿Qué están haciendo?

Al Raymond apareció en la esquina; se veía preocupado.

—Volviste. —No era una pregunta.

—Sí, es que vivimos aquí —repuso Vane, intentando bromear. Pero el contratista no estaba de humor.

—Los albañiles están haciendo horas extra para compensar el tiempo perdido. Hoy toca revocar las paredes. —Annabelle volvió a estornudar, y Al asintió, como si de algún modo le estuviera dando la razón—. Si quieren seguir viviendo en esta propiedad histórica tan importante, mejor vayan a ponerse máscaras.

—¿Por qué es importante la casa? Pensé que solo era vieja —dijo Maggie.

Al soltó una risita.

—Era la casa de veraneo del primer gobernador del estado —le explicó—. Se redactaron muchas leyes aquí, ese tipo de cosas.

—¿En serio? —Maggie volteó a mirar a Vane—. ¿El primer gobernador era tu antepasado?

Vane se encogió de hombros.

—No lo conocí. Pero eso dicen.

Al igual que cuando había visto llegar la limusina, la enorme grieta entre su vida y la de Vane se sintió como un cachetazo para Maggie. Miró a Vane de reojo mientras él charlaba con Annabelle sobre su estadía con Art. Era una escena bastante normal, pero, por algún motivo, no lograba que Vane se viera «normal» para nada. Era como ver una foto de sí misma luego de analizar su reflejo toda su vida. Sabía que estaba mirando al hombre que se había pasado los últimos tres días asegurándose de que estuviera feliz y cuidada, pero algo parecía… raro. Vane estaba igual, pero Maggie ya no lo veía igual. De repente, un grito de Annabelle interrumpió sus pensamientos.

—¡Hay demasiado ruido! ¡No puedo pensar!

—Podríamos quedarnos en un hotel —sugirió Vane.

Maggie negó con la cabeza, decidida. Cualquier hotel que eligiera Vane sería un recordatorio más de sus diferencias. No soportaba la idea de quedarse en la *suite* de lujo que, de seguro, él sugeriría con tono casual.

—¿Y si acampamos? —propuso Maggie—. En la playa. ¿Tienes una carpa?

Vane frunció el ceño.

—Sssí —respondió—. Pero no me gusta acampar.

—¡A mí sí! —replicó Maggie despreocupadamente.

Era perfecto. Acampar era volver a su zona de confort. Quizá pasar una noche al aire libre, subsistiendo a la intemperie, fuera lo que necesitaba para sentir que ella y Vane estaban en igualdad de condiciones. Que eran personas normales, comunes y corrientes, en lugar de ser un multimillonario, su protegida y la niñera que había contratado durante el verano.

—Nunca vi una carpa así —se quejó Maggie. No le gustaba quejarse, pero era una ridiculez.

—¿Quieres que te ayude?

Vane sonrió y, con cuidado, le quitó los caños de la carpa, pero Maggie no pudo evitar oír un atisbo de irritación en su voz. Ella, que había pasado buena parte de su infancia viviendo en una carpa, había insistido en armarla por su cuenta. Pero, en lugar de las carpas simples que había usado durante su juventud, la carpa de Vane era enorme y lujosa y compleja. Le había bastado con mirar solo una vez los caños costosos y el nailon resistente para sentirse fuera de lugar. Esa carpa era el *jet* privado de los equipos de *camping*.

—Puedo ayudarte.

—Ya lo sé. Pero no hace falta —replicó Vane. Luego, la evitó y cambió de posición para que ella no pudiera agarrar el resto de los caños.

Herida, Maggie retrocedió. En otro momento, se hubiera sentido impresionada al verlo hacerle frente a una tarea tan complicada, pero, en cambio, se sentía… diminuta. Diminuta e inútil y dejada de lado.

—¿Annabelle? Quiero buscar algunas flores para decorar un poco —anunció Maggie, dándole la espalda a Vane y señalando un médano. A lo lejos, se asomaban unas flores silvestres, una explosión azul y rosa que se mecía al viento—. ¿Quieres venir?

—¡Claro!

Annabelle, aburrida de hacer dibujos en la arena con un palito, se levantó de un salto. Maggie la desafió a una carrera y luego se rindió, riendo, cuando la niña la superó. No quiso mirar atrás para ver cómo le estaba yendo a Vane con la carpa. De hecho, hizo su mayor esfuerzo para seguir dándole la espalda. Era infantil, lo sabía, pero una parte de ella quería mostrarle a Vane que no lo necesitaba. «Sí, eres un hombre multimillonario, fuerte e inteligente, y me estás pagando el sueldo. Pero tú me necesitas más que yo a ti». Maggie se agachó, arrancó una flor perfecta y se la llevó a la nariz. Esperaba que Vane la estuviera mirando en ese momento, para que viera lo bien que estaba sin él.

—Hola.

Maggie soltó un grito y dejó caer las flores al mismo tiempo que sonaba el obturador de la cámara de Vane.

—¡Oye! —le gritó.

—Perdón. —Vane soltó una risita, bajó la cámara y le sonrió—. Parecía que estabas posando para mí, así que te saqué un par de fotos.

Maggie se dio vuelta para que él no la viera sonrojarse. Sí, quería que la viera, pero no así.

—¿Ya armaste la carpa?

—Sí, hace un rato. —La sonrisa de Vane era tan sincera y genuina. ¿Cómo podía ser tan encantador y tan frustrante al mismo tiempo? —. Venía a avisarles eso, pero se veían tan lindas juntando flores que no aguanté las ganas de sacarles unas fotos. ¡Sonríe! —le dijo a Annabelle apuntándole con la cámara. De inmediato, ella se paró derecha y posó como si fuera una superheroína.

—¿Cómo salí? —le preguntó mientras él miraba las fotos.

—Saliste increíble.

Vane le hizo señas para que se acercara, y los dos pasaron un lindo momento mirando las fotos. Annabelle apoyó la cabeza sobre el brazo de su tío y, con expresión distraída, él le acarició la espalda mientras compartían la pantalla de la cámara.

Al menos, pensó Maggie con un suspiro, eso era algo que la hacía sentir bien. Vane y Annabelle estaban mucho más conectados que cuando ella había llegado ahí. En vez de estresarse por su rol de tutor, parecía que Vane cada vez se sentía más a gusto en ese papel. Como si se tratara de un par de zapatos que tenían que ceder, con cada día que pasaba se mostraba más confiado y seguro.

Maggie y Vane pasaron el resto de la tarde ahí, en los médanos, con Annabelle, que hablaba de todo y a toda velocidad. Vane sonreía y la escuchaba y, cada tanto, levantaba la cámara para sacarle una foto espontánea, y Maggie trazaba complejos diseños de mandalas sobre la arena, los borraba y volvía a empezar. En un momento, se aventuró a la casa y regresó con sándwiches de jalea y mantequilla de maní para cenar. Mientras el sol se ponía en el horizonte, Vane desapareció y luego volvió con todo lo necesario para preparar malvaviscos asados.

—Puedo prender el fuego —insistió Maggie.

—No hace falta.

—Pero quiero hacerlo. —Maggie se dio vuelta para ignorarlo del mismo modo en que él la había ignorado a la hora de armar la carpa, y se volvió a sentar con expresión triunfal cuando se prendió una chispita y una pequeña llama cobró vida—. Te dije que podía.

—Jamás dudé de ti —le aseguró él. Se acercó un poco más y la besó suavemente.

Maggie se puso tensa. Nunca se habían besado frente a Annabelle. ¿Qué estaba haciendo? Confundida, miró a la niña. Annabelle los estaba mirando completamente fascinada, y Maggie se preparó para la lluvia de preguntas que seguro estaba por venir. Pero, en lugar de hablar sobre el beso al igual que hablaba sobre todo lo demás, Annabelle se quedó callada. Clavó el malvavisco en la punta del palillo, lo llevó al fuego y lo sopló. Luego, le quitó la corteza quemada y se lo llevó a la boca, y repitió el proceso tres veces más. Para cuando llegó al quinto malvavisco, ya no podía disimular los bostezos.

—Ya le bajó el azúcar —murmuró Vane. Annabelle se había hecho una bolita a su lado. Le acarició el pelo de la nuca a Maggie y le dijo—: La voy a llevar a acostarse.

Luego, alzó en brazos a Annabelle, que protestaba entre murmullos, y la metió con cuidado en la bolsa de dormir que estaba dentro de la carpa antes de regresar junto a Maggie.

—¿Quieres que probemos algo?

—Mmm, ¿qué cosa? —preguntó ella. Era muy agradable que él le acariciara el cuello, sobre todo después de haberse sentido tan distante todo el día.

—Se me ocurrió que tal vez… —Vane le rozó la oreja con los labios, y Maggie se estremeció y suspiró—. Podríamos subir al médano…

—¿Mmm? —Maggie tembló apenas al sentir sus labios sobre la garganta. Su cuerpo todavía lo deseaba con locura. Quizás eso era lo que necesitaba. Sentirse conectada a él otra vez. Sentir que eran iguales, que él la quería y la necesitaba tanto como ella lo quería y lo necesitaba a él. Dejar de ahogar sus emociones.

—El vecino más cercano vive por allá —le susurró Vane al oído—. ¿Y si les hacemos un *show*?

Maggie se dio vuelta con brusquedad.

—¿Te gustan esas cosas?

Vane esbozó una sonrisa inocente.

—Bueno, nunca probé —confesó, al tiempo que le tironeaba del cuello de la camisa—. Pero nunca tuve a una maestra sexi para presumir antes.

A Maggie se le hizo un nudo en la garganta.

—¿Soy tu maestra sexi? —le preguntó, y le tembló la voz. Ladeó la cabeza para mirarlo a los ojos, pero él estaba muy concentrado intentando desabrocharle el sostén.

—¿Cómo se saca esto? —se quejó—. ¿Y por qué te lo pusiste?

Maggie se puso tensa y se alejó, y Vane sacó la mano al instante.

—¿Qué pasa? ¿Hice algo malo?

Ella cruzó los brazos sobre el pecho con expresión desdichada.

—No —suspiró.

—¿Estás bien? —Vane le acarició la mejilla y, por fin, la miró a los ojos—. Estás… No sé. Estuviste rara todo el día.

—¿Sí? Perdón.

Él frunció el ceño.

—¿Qué pasa?

Maggie negó con la cabeza y desvió la mirada.

—¿Sabes qué? Ni yo lo sé. —Sin más, volteó a mirar el horizonte. Una delgada línea azul todavía se aferraba al límite entre el cielo y el mar y, por un momento, lo único que deseó Maggie fue salir corriendo hacia ese lugar. ¿Qué había del otro lado de esa línea? ¿No debería tratar de averiguarlo?

## 13

E l sonido constante de la lluvia repiqueteaba sobre el techo. O, mejor dicho, Maggie suponía que era así. Miraba afuera y veía que estaba lloviendo, pero no podía escuchar la lluvia.

—¿Qué? —le preguntó a Annabelle por tercera vez.

—¡Uf! —protestó la niña, y se tapó las orejas con las manos—. ¡Hay demasiado ruido!

El golpeteo prácticamente ininterrumpido de la pistola de clavos ya llevaba casi una hora. A Maggie no le hubiera molestado el sonido si al menos hubiera seguido algún patrón, pero esa letanía sin ninguna lógica que le desgarraba los oídos ya le estaba dando ganas de llorar.

—¡Le pregunté qué le parece el color azul! —gritó Annabelle.

Maggie asintió e intentó ordenar sus ideas para prestarle atención. Estaba ayudando a Annabelle a elegir la pintura para su cuarto secreto.

—Sí, creo que sin dudas lo haría parecer más grande.

Annabelle sonrió.

—Si fuera azul, ¿no le daría miedo entrar?

—No tengo… —Maggie apretó los labios. ¿Cómo se le explicaba una fobia a una criatura?—. Mi mente no tiene miedo. Es mi cuerpo. ¿Nunca te pasó? ¿Que no haya nada aterrador en sí, pero tu corazón igual lata a más no poder?

—¿Y que se te erice el cuero cabelludo? —Annabelle se tocó la cabeza—. Sí, me pasa un montón.

—¿Un montón?

Annabelle asintió sin dejar de tocarse la cabeza.

—Pensé que era porque mi papá me venía a visitar. Al menos eso es lo que vi en las películas. Cuando viene un fantasma, se te erizan los pelos.

Maggie tragó saliva.

—Bueno, quizás sea eso entonces. Pero a mí no me pasa eso. Solo que me pongo muy nerviosa en lugares pequeños. Me siento atrapada.

—¿Sí? —Vane apareció de repente bajo el marco de la puerta. Tenía una caja entre los brazos y se veía triste—. ¿Te sientes atrapada?

—Estaba hablando de mi claustrofobia —dijo Maggie. ¿Por qué explicárselo la hacía sentir que le estaba mintiendo?

—Ah, claro. Entiendo. —Vane no parecía muy convencido, pero otro chirrido en la ventana interrumpió la conversación. Cuando el sonido se detuvo, continuó—: Les traje algunas cosas para que decoren el cuarto.

Como tenía que gritar para hacerse escuchar, parecía que le estaba gritando a Maggie, lo cual la hizo sentirse más incómoda.

—¿Qué es? —Annabelle revolvió dentro de la caja y sacó un marco con una foto—. ¡Soy yo! —chilló.

Maggie miró por encima del hombro.

—¡Ay! —Era una foto impresa de Annabelle en el médano. Tenía el pelo ondeando al viento y la cara levantada hacia arriba con aires de heroína, y el sol resaltaba los ángulos de su perfil—. ¡Vane, qué hermosa!

—Hay más —respondió él, complacido.

Maggie miró con entusiasmo todas las fotos de Annabelle. En una, estaba en el porche, saltando en el aire. En otra, estaba dejando chorrear la arena entre sus dedos para construir un castillo. En otra, estaba corriendo por la arena como una atleta olímpica. Cada una de las tomas tenía una iluminación impecable y una composición cuidadosa, y capturaba su naturaleza a la perfección.

—Eres muy buen fotógrafo —se maravilló Maggie.

Él le agradeció y se puso de pie.

—Tengo que hacer una llamada en un par de minutos, pero se me ocurrió que quizá querían colgar algunas fotos en el cuarto secreto. Elije las que quieras y devuélveme las que no, así las cuelgo en mi oficina, ¿sí?

Annabelle sonrió de oreja a oreja.

—Gracias, tío Vane. —Entusiasmada, la niña se dio vuelta y volvió a agarrar la caja de fotos—. ¿Qué le parece, señorita Stewart? Va bien con el azul, ¿no? —preguntó, sosteniendo una foto de ella donde se veía más que nada el cielo.

Annabelle y Maggie pasaron el resto de la tarde organizando y pintando el cuarto secreto. Para cuando se hizo la hora de cenar, aún indecisa, Annabelle había cubierto una pared entera con fotos de sí misma. Eligió algunas más para su dormitorio y esa noche, mientras cerraba los ojos, sonrió una vez más al ver una foto de ella en los médanos.

—Ahora se siente mío —murmuró, medio dormida.

Sonriente, Maggie caminó sin hacer ruido hasta su dormitorio. Todavía estaba sonriendo cuando se acostó y se soltó el pelo.

—¿Está dormida?

Vane estaba parado en la puerta, todavía vestido con su ropa de trabajo. Tenía el cuello de la camisa desabotonado y las mangas arremangadas, lo cual dejaba al descubierto sus antebrazos bronceados. Por primera vez en todo el día, Maggie se dio cuenta de que por fin había silencio y podía escuchar el latido de su propio corazón.

—Sí. Y estaba sonriendo. —Maggie se acercó y fue hacia él—. La pusiste muy contenta con esas fotos.

Vane le dio la mano.

—Esperaba que le gustaran.

—Dijo que la hacían sentir que este lugar es suyo —continuó Maggie. Le acarició la cara y le buscó la mirada. Era mucho más fácil sentirse conectada a él cuando mostraba su lado más sencillo en lugar de su inmensa riqueza. Le pasó un dedo sobre el labio y luego lo besó—. Estás haciendo las cosas bien con ella.

—¿Y contigo? —preguntó Vane con un gruñido, y la atrajo hacia sí—. Siento que estos últimos días no hice las cosas bien. —Apoyándole los labios en la oreja, murmuró—: ¿Puedo intentar hacer las cosas bien ahora?

Maggie sintió que se le aflojaban las piernas y, mientras se entregaba a sus besos, decidió ignorar las dudas de los últimos días. No estaba mal quererlo. No estaba mal desear lo que la hacía sentir. No tenía por qué huir. Mucho menos ahora que tenía su cuerpo fuerte y cálido contra el suyo. Sinceramente, ¿en qué otro lugar querría estar?

—Te extrañé —gruñó Vane, con los labios pegados a su garganta, antes de darla vuelta.

Maggie aterrizó de espaldas sobre la cama y abrió los brazos. Él se sacó la camisa y se abalanzó sobre ella como un hombre famélico sobre un bufet. Hicieron el amor sin reparos, como si no hubiera pasado nada. Y, mientras se estremecía en sus brazos y él temblaba antes de gruñir su nombre, Maggie volvió a tener la sensación de que estaba todo bien. El sentimiento que había estado buscando otra vez estaba al alcance de su mano. Vane le besó la frente y se incorporó.

—No era mi intención que pasara esto, pero fue una linda sorpresa.

—¿Y para qué viniste a mi cuarto de noche entonces? —lo provocó ella, tironeando de las sábanas para taparse el pecho.

—Para darte esto. —Vane salió al pasillo y, cuando volvió, tenía otra caja de cartón—. Son para ti.

Maggie se sentó en la cama.

—¿Son mis fotos?

—Espero que te gusten —dijo él, sonriendo.

—Seguro que sí. Capturaste a Annabelle tan bien que…

Maggie se interrumpió al levantar la primera foto de la pila. Era una foto de su mano, con la muñeca flexionada. Tenía una flor rosa entre los dedos. Era una toma hermosa, pero solo era su mano. Maggie levantó otra foto.

—Es tu sonrisa —le explicó Vane en voz baja.

Ella tragó saliva y asintió. Otras partes de su cuerpo, esta vez la comisura del labio y el lóbulo de la oreja. Todas las fotos eran así. No había ni una toma de cuerpo entero. Solo había partes.

—Esta es mi parte favorita de ti —le explicó Vane señalando una foto donde se veía la curva de su cuello—. Me encanta cuando tienes el pelo suelto, pero cuando te lo recoges, te veo bien el cuello.

—¿Te gusta más que me recoja el pelo?

—Es mi parte favorita de ti —repitió él.

Maggie ojeó las fotos otra vez.

—Parece que sacaste fotos de todas tus partes favoritas —dijo. Intentó sonar provocadora, pero la voz le salió demasiado aguda y poco natural.

—¿Qué te puedo decir? Quería recordarlas —respondió él, evitando mirarla a los ojos.

Maggie también desvió la mirada. Las partes favoritas de Vane solo eran imágenes fragmentadas de ella. ¿Acaso no le interesaba como persona, entonces? ¿Solo le interesaban las partes de su cuerpo que le eran útiles? Parecía que Maggie servía para tener sexo y para cuidar a su sobrina, nada más. Le había sacado fotos del cuello, de las manos, de la sonrisa. ¿Qué más necesitaba para darse cuenta de que él solo la veía así, como un conjunto de partes?

—Gracias —dijo Maggie con tono seco, y fingió que bostezaba—. Vaya, estoy muerta. Me dejaste agotada.

Vane frunció el ceño, pero, en lugar de preguntarle si pasaba algo, se limitó a asentir y se marchó. Cuando se fue, Maggie se desplomó sobre el colchón. Todavía le dolía el cuerpo de tanto amor y los labios de tantos besos, pero ya tenía la cabeza en cualquier lado. El día siguiente era el último día de su contrato inicial por seis semanas.

De pronto, se incorporó en la cama. Si solo era un conjunto de partes, una persona que Vane quería tener al lado porque satisfacía sus necesidades, ¿por qué iba a quedarse? La voz de su madre, callada hasta entonces, volvió a gritarle: «No te detengas». Maggie se levantó de un salto y agarró su teléfono.

«¿Estás despierta?», le escribió a Kiara.

La respuesta llegó al instante.

«Estoy acostada, ignorando el lado vacío de la cama».

A su pesar, Maggie sonrió.

«Estás mejor sin él».

«Me la paso repitiéndome lo mismo. ¿Qué pasa?».

Maggie apretó los labios y se obligó a no pensar en que Annabelle iba a tener que adaptarse a alguien nuevo. De todos modos, iba a pasar tarde o temprano, ¿no? Vane iba a tener que buscar a una nueva niñera luego de que ella se marchara. En verdad, le estaba haciendo un favor.

«¿Todavía hablas con Melinda? ¿Sabes si está buscando trabajo?», le preguntó a su amiga.

Melinda había sido la jefa de Kiara cuando ella trabajaba en la cooperativa. Era una mujer de cincuenta años que pensaba que tenía veinticinco y que siempre estaba corta de dinero, pero tenía una personalidad dulce y maternal, y era perfecta para el trabajo. De verdad.

«Si no fuera tan exigente, ya habría encontrado algo. Pero se marchó hecha una furia de una entrevista la semana pasada porque se enteró de que no reciclaban».

Maggie sonrió otra vez.

«Pásale mi número. Tengo una propuesta para ella».

Aunque era lenta para darse cuenta de cómo eran los hombres en su vida, Kiara era muy rápida para entender todo lo demás.

«¿Ya te vas?».

«Es la fecha en que dije que me iría».

Maggie se apoyó contra la pared y leyó las palabras que acababa de escribir. Verlas ahí, en blanco y negro, no la hacía sentir tan bien como había pensado. Con la esperanza de que redoblar las apuestas la convenciera de que era una buena idea, agregó: «Ya es hora de mi próxima aventura».

De pronto, oyó del otro lado del pasillo los murmullos de Annabelle, dormida. Maggie se preparó para escuchar los gritos de sus terrores nocturnos, pero la niña rio entre sueños.

## 14

Maggie leyó por tercera vez el correo electrónico antes de apretar «Enviar». Luego, cerró su bolso de viaje. Todavía no había amanecido, pero ya escuchaba a Vane en la planta baja, preparándose para empezar el día. Maggie echó un último vistazo a la habitación vacía y se aseguró de que todas las fotos con partes de su cuerpo estuvieran bien guardadas en la caja. Entonces, apagó la luz y cerró la puerta.

Debería estar entusiasmada, se recordó. Y lo estaba. Comenzar la próxima etapa de una aventura era un momento de felicidad, no de tristeza. «Es la falta de sueño», se justificó. «Me pasé casi toda la noche despierta».

Luego de tomar una decisión, las cosas habían ocurrido muy rápido. Kiara había contactado a Melinda, que le había escrito a Maggie ya entrada la medianoche y, al instante, le había enviado las referencias que le había pedido. A decir verdad, eran impresionantes, sobre todo teniendo en cuenta que Melinda era una *hippie* con el cabello canoso largo y trenzado hasta las caderas. Maggie hasta había pagado un informe de antecedentes penales para que Vane se quedara tranquilo y se lo había enviado por correo electrónico, así lo leía luego de que se despidiera de él.

Luego de que se despidiera de él.

Maggie tensó los hombros. ¿Cómo iba a reaccionar Vane? Se había pasado casi toda la noche en vela imaginando su reacción. Todas las opciones, desde la indiferencia hasta el llanto, pasando por la furia. Maggie estaba bastante segura de que no podría manejar la mayoría de esas emociones. Excepto la indiferencia, claro. Aunque era la emoción con la que le resultaba más fácil lidiar, preferiría que Vane le gritara antes de que le mostrara que, en realidad, ella nunca le había importado.

Maggie tragó saliva y bajó las escaleras. Cuando entró a la cocina, Vane la recibió con una sonrisa radiante, que se desvaneció en el instante en que vio su bolso.

—¿Vas a algún lado?

Ella asintió. No era momento de perder la calma.

—Sí. Hoy es el día en que iba a marcharme, Vane.

—Dijiste que te ibas a quedar más tiempo —respondió él, desconcertado.

—Porque necesitabas una niñera, ¿no? —lo provocó ella. Y esperó. Esperó a ver si él le decía que se trataba de mucho más que de cuidar a Annabelle. Esperó a ver si le decía que quería que se quedara con él porque la amaba… Mierda. Maggie tragó saliva al darse cuenta de que era eso. Quería que Vane la amara como ella lo amaba a él—. ¿No? Por eso querías que me quedara más tiempo.

—Bueno… sí.

Era una palabra inofensiva, pero a Maggie le dolió como un puñetazo en el estómago. Sintió que se le vaciaban los pulmones, como si Vane la hubiera golpeado y le hubiera arrebatado todo el nerviosismo y la esperanza. En su lugar, solo quedaba la furia. Monstruosa, ardiente y arrasadora.

—Entonces no te preocupes —replicó Maggie de mala manera—. Porque ya me encargué de todo. Vendrá otra niñera.

—¿Otra niñera?

—Sí, ¿no es lo que querías? ¿Alguien que cuide a Annabelle?

—No. Espera, ¿de verdad te vas a ir? —De pronto, Vane se veía furioso—. ¿Cómo puedes hacerme esto, Maggie?

—Sabías desde el principio que las cosas iban a ser así. ¡No te hagas el sorprendido!

—No estoy sorprendido, ¡estoy enojado!

—¿Por qué? —Maggie rompió en llanto y no quería llorar. Quería ser fuerte, pero Vane la hacía sentir muy débil. No eran iguales y nunca lo habían sido. Él era su jefe—. Dime por qué estás enojado. —Era patético, lo sabía, pero necesitaba que él la hiciera cambiar de idea. Que le dijera por qué quería que se quedara.

—¡Porque le vas a romper el corazón a Annabelle! —rugió Vane.

Ella se quedó mirándolo.

—¿Su corazón? ¿Solo el suyo?

A Vane se le quebró la voz.

—Por favor, no te vayas, Maggie. Annabelle te necesita.

Maggie rio y negó con la cabeza.

—No, Vane. Tú eres su tutor. Te necesita a ti. Y yo necesito irme.

≈

Maggie se fue.

Vane se quedó parado en el medio de la cocina. Sentía que tenía dos bloques de cemento en lugar de pies, pero tenía la cabeza a mil por hora. De pronto, un golpe en la puerta lo hizo volver en sí. Confundido, se dio vuelta por inercia y fue a atender. ¿Por qué Maggie llamaría a la puerta?

En el porche, había una mujer de mediana edad que Vane nunca había visto en su vida. Estaba seguro porque, de haberla visto, la recordaría; esa trenza larga y gruesa de cabello canoso y esa mirada sorprendentemente joven eran imposibles de olvidar.

—Siento muchísimo llegar tarde —masculló la mujer mientras entraba a la casa—. Estuve buscando a alguien que cuidara a mi nieta, porque está pasando el verano en casa, pero no conseguí, así que tuve que traerla. Espero que no haya problema.

—Perdón, ¿quién eres?

A la mujer no se le movió ni un pelo.

—Melinda. Me mandó Maggie.

—¿Tiene una nieta? —Annabelle apareció en la puerta y miró a su alrededor con expresión ansiosa.

—Sí, debe tener tu edad.

—¿Sus papás están trabajando? —preguntó Annabelle—. ¿Le gustan los caballos?

Melinda sonrió con tristeza.

—Sus papás ya no están, cielo. Ahora la cuido yo. Y sí, le encantan los caballos. Siempre que puedo la llevo a cabalgar.

—Perdón. Empecemos de nuevo —intervino Vane, aún conmocionado.

—¿Sus papás ya no están? —insistió Annabelle. Tenía los ojos muy abiertos—. ¿Dónde están?

—Annabelle —la reprendió Vane.

Melina sacudió la mano como quitándole importancia al asunto.

—Tranquilo. Los chicos son curiosos —dijo. Se agachó y le dio la mano a Annabelle—. Sus papás tuvieron un accidente de auto.

—¿Están muertos?

—Annabelle —dijo Vane, más serio que antes.

Melinda solo asintió.

—Sí, cielo.

—Los míos también —dijo Annabelle con solemnidad.

—Entonces seguro tendrán mucho de qué hablar. ¿Quieres que te la presente? Se llama Lila.

Annabelle salió corriendo, pero recordó que debía pedir permiso y se detuvo.

—¿Puedo ir, tío Vane?

Él seguía mirando fijo a Melinda, pero se las arregló para asentir, y Annabelle salió disparada hacia el auto que estaba estacionado en la entrada.

—¿Dijiste que te mandó Maggie?

—Sí, para el trabajo de niñera. Ya sé que es un poco inapropiado que haya venido con Lila, pero fue todo muy repentino —le explicó Melinda, con un brillo especial en la mirada.

Vane tragó saliva.

—Sí, de eso no hay dudas.

—Ay, cielo, pareces impactado. —Melinda le agarró la mano y le dio un apretón—. No te preocupes. Una niñera se va y otra llega en su lugar. Así es la vida. Créeme, tengo experiencia.

Vane sacó la mano.

—Maggie es más que mi niñera… Es mi…

De golpe, se interrumpió. ¿Qué era Maggie para él? Todo. Era su todo. Le había dicho que Annabelle la necesitaba. Claramente, eso era mentira, viendo lo contenta que estaba la niña charlando con su nueva mejor amiga. No, no quería que se quedara para ser la niñera. Quería que se quedara porque la amaba más que a nada en el mundo. Pero Maggie tenía sus propios sueños, comprendió Vane a la vez. Quería viajar, quería ser libre. ¿Qué importaba que la amara si le impedía seguir su camino? Quizá fuera mejor así.

—¿Me disculpas un momento? —le preguntó a Melinda—. Tengo que…

Sin terminar la oración, Vane se alejó. Por instinto, se recluyó en la seguridad de su oficina y cerró la puerta. Era un lugar familiar y seguro, pero no se sentía bien. Miró a su alrededor, sobrecogido por las emociones, para intentar comprender por qué se sentía así, y sus ojos se clavaron en la foto que había puesto en su escritorio el día anterior.

Era una foto de los tres juntos, una selfi que había sacado esa tarde en los médanos. La agarró y recorrió con los dedos esa hermosa cara sonriente. Debería dársela a Maggie, pensó. Un recuerdo para que se llevara en el viaje.

Ese nuevo sentimiento era como una llave que se deslizaba en una cerradura y abría una puerta que había estado cerrada hasta entonces. Vane agarró la foto y bajó corriendo las escaleras; se veía igual a la pequeña Annabelle. De un salto, llegó al porche, donde Melinda seguía parada, esperando pacientemente.

—Melinda, estás contratada. ¿Puedes empezar ahora mismo?

Una vez más, a Melinda no se le movió ni un pelo.

—Claro, para eso vine. Muéstrame dónde queda el baño y ya estoy lista —dijo. Bajando la voz, agregó—: Ya soy una señora grande. Necesito saber esas cosas.

—Annabelle te lo muestra. —Vane ya estaba arrancando el motor del auto—. Ya vuelvo, te lo prometo.

Annabelle lo saludó con la mano muy contenta y siguió jugando con su nueva amiga. Al verla por el espejo retrovisor, Vane se dio cuenta de que, durante todo el verano, Annabelle no había tenido ningún compañero de juegos de su edad. Y nunca la había visto tan sonriente. Esa era otra cosa que necesitaba solucionar. Por dentro, anotó en su lista de pendientes: «Buscarle amigos a Annabelle». Lo puso justo debajo de su prioridad número uno: Maggie.

# 15

Todas las plantas de Maggie estaban muertas. Su vecina, la señora mayor que se suponía que iba a regar las plantas, la miró como si no la conociera y le cerró la puerta en la cara. Maggie lo tomó como una señal. Ya no había nada que la atara a ese lugar.

Le llevó menos tiempo del que hubiera querido empacar todas las cosas. Estaba metiendo la última caja en el baúl del auto cuando oyó el sonido de un motor detrás de ella. «¿Vane?». Maggie no sabía por qué había pensado inmediatamente en él. ¿Por qué estaría ahí? Era el último lugar donde esperaba verlo, sobre todo porque estaba bastante segura de que él no tenía idea de dónde vivía. Pero si Vane era la última persona con la que esperaba encontrarse, la persona que bajó del auto era la anteúltima.

—Hola, princesa —la saludó su madre con tono despreocupado—. ¿Adónde vas?

—Mamá. —Maggie cerró el baúl y se apoyó contra el auto—. ¿Qué haces aquí?

—Ay, estaba pasando por aquí y pensé que quizá podría quedarme unos días, si me prestas un pedacito de tu departamento.

—Literalmente acabo de darle las llaves al casero. No podrías haber venido en un peor momento. ¿Por qué no me llamaste?

—¡Ay! —Su madre se echó a reír—. Porque no tenía ni idea de dónde iba a estar, hasta ahora. Estaba en la zona y pensé: «Creo que mi hija vive por aquí». —Echó un vistazo al auto de Maggie y agregó—: ¿O sea que te vas en serio?

—Sí, como siempre dices, hay que mantenerse en movimiento, ¿no? —Maggie rio y esperó que su madre no detectara el tinte histérico de su voz.

—Ah. —Su madre parecía sorprendida—. ¿Yo dije eso?

—Lo dijiste tantas veces que lo escucho sin parar en mi cabeza. ¿Por qué crees que empaqué todo para mudarme? Voy rumbo a mi próxima aventura.

—Ah, ¿sí? ¿Qué anduviste haciendo? Cuéntale a tu anciana madre.

Maggie cayó en la cuenta de lo extraña que debía parecer la situación. Madre e hija, ambas con todas sus pertenencias metidas en un auto, paradas en la calle intentando ponerse al día sobre los últimos cinco años de su vida. Pero, para ella, era completamente normal. Al igual que el poco interés de su madre por saber qué le deparaba el destino a su hija.

—Acepté un puesto de maestra en una escuela rural de Alaska. Son cinco años. Pero antes de empezar, quiero viajar un poco.

Su madre ladeó la cabeza y la miró.

—¿Sí? No pareces muy entusiasmada.

Maggie suspiró, irritada.

—Es que fue todo muy improvisado. Hoy a la mañana me levanté en un lugar distinto.

—¿No aquí? Muy bien, hija mía —respondió su madre, levantando las cejas con gesto insinuante.

—No seas malpensada, mamá. Estaba trabajando de niñera. —Maggie apretó los dientes y agregó—: Y sí, se transformó en algo más, supongo. Pero tengo que seguir en movimiento, ¿no?

—¿Es lo que quieres hacer?

—¿No es lo que tengo que hacer?

—Es lo que yo tengo que hacer, Maggie. No tú. Sí, cuando eras chica, nos mudábamos todo el tiempo. Pero a ti no parecía gustarte mucho y siempre pensé que, ni bien te independizaras, ibas a conseguirte una casita perfecta con una cerca blanca. Seguramente construida por ti, además, porque eres muy buena martillando.

Maggie se quedó mirándola.

—¿En serio pensabas eso?

—Claro que sí. Sin importar dónde viviéramos, siempre te esforzabas por transformarlo en un hogar. Tenías tus plantas, tus fotos, todas las cosas que llevabas contigo. Quizá no tenías un hogar estable, pero sí tenías muy claro qué esperabas de un hogar. Y debo decir que también tenías una opinión bastante fuerte al respecto.

Maggie rio, pues comprendió que su madre tenía razón. Por fin veía las cosas con claridad. Un hogar. Esa era la sensación que llevaba toda la vida buscando. Lo que había sentido junto a Vane.

—Mierda.

Su madre levantó una ceja.

—¿Estás bien?

—Creo que arruiné todo a lo grande —respondió Maggie y hundió la cara entre las manos.

—Entonces, arréglalo —dijo su madre, encogiéndose de hombros.

—Ah, ¿ese es tu consejo de madre? Todo siempre te resulta muy fácil, ¿no?

Su madre soltó una carcajada.

—¿De dónde sacaste esa idea? La vida es muy difícil. Pero siempre supe lo que quería, y lo que quería era una vida distinta a la de los demás. Pero eso es lo que quiero yo. Esperaba que, a esta altura, ya hubieras descifrado lo que quieres tú.

Sin poder evitarlo, a Maggie se le escapó un sollozo.

—Creo que lo tuve —balbuceó—. Y lo dejé ir.

Su madre la abrazó.

—Recupéralo, entonces —le susurró mientras le acariciaba la espalda.

El casero pareció confundido cuando vio volver a Maggie.

—Pensé que ya te habías ido —refunfuñó.

—Solo quiero mostrarle el departamento a mi mamá. No voy a volver.

—Te doy veinte minutos —gruñó el hombre—. Después tenemos que empezar a limpiar para mostrarlo.

Tras darle las gracias, Maggie guio a su madre hacia su departamento vacío.

—Me lo imagino. —Su madre asentía con entusiasmo cada vez que Maggie describía la disposición de las cosas y cómo había transformado ese lugar en un hogar.

Acababa de terminar de hablar cuando alguien llamó a la puerta.

—¿Ya pasaron veinte minutos? —preguntó su madre.

—¡Bueno, ya me voy! —gritó Maggie y fue a abrir la puerta.

Vane estaba parado en el pasillo. Al verlo, Maggie sintió que le faltaba el aire.

—¿Qué haces aquí? —susurró, no del todo segura de no haberlo conjurado ahí de tanto desearlo.

Él tenía una foto en la mano.

—Quería darte esto antes de que te fueras de viaje. Lo puedes poner en tu nuevo hogar. Así te acuerdas de mí. De nosotros. —Vane se frotó la nuca; parecía dubitativo—. No voy a retenerte, Maggie. Solo quiero que sepas que te mentí cuando te dije por qué me molestaba que te fueras. Es a mí al que se le rompe el corazón. Te amo. Pero, si necesitas hacer esto, no voy a retenerte. Toma.

Sin más, le dio la foto. Maggie la agarró y la observó. Era una imagen de los tres riendo, y ella ni siquiera estaba mirando a la cámara. Estaba mirando a lo lejos, y Vane la miraba a ella. Los había capturado a los tres, como personas enteras.

—¿Dónde estaba esta foto anoche? —susurró Maggie.

—¿Qué? En mi oficina. Saqué un montón de fotos así. Son un poco cursis. Un tipo sacándole fotos a la mujer que ama —respondió Vane y se encogió de hombros—. Elegí las más artísticas para que las pusieras en tu cuarto.

Maggie se pegó una palmada en la frente.

—¿Mamá? —la llamó, consciente de que su madre estaba mirando todo sin decir ni una palabra—. Gracias por aparecer de la nada. Me demoraste el tiempo suficiente para evitar que cometiera el peor error de mi vida —dijo. Sujetó la cara de Vane con ambas manos y lo besó con ganas—. Yo también te amo.

Vane esbozó una sonrisa de incredulidad.

—¿En serio?

Maggie no se aguantó las ganas de reír.

—Pareces sorprendido.

—Estoy… —La sonrisa de Vane se transformó en cara de asombro—. Supongo que no tenía muchas esperanzas. Eres increíble, Maggie. Antes de conocerte, no sabía que fuera posible sentirse así. Nunca confié en mis propios sentimientos. Tú me hiciste entender lo que es la felicidad, la verdadera felicidad. Me cambiaste, y necesitaba decirte lo mucho que te agradezco antes de que te marcharas.

Ella le acarició la cara.

—No puedo creer que vinieras hasta aquí no para intentar detenerme, sino para darme esto. —Maggie miró la foto otra vez—. ¿No? No ibas a poner una condición ni nada, ¿verdad? ¿Si acepto la foto, tengo que quedarme seis semanas más? —preguntó, sonriente.

Él negó con la cabeza.

—No hay condiciones. Solo quería dártela porque pensé que sería lindo que la tuvieras en tu nuevo hogar.

Al oírlo, a Maggie se le estrujó el corazón.

—Tú eres mi hogar.

Vane pestañeó con expresión sorprendida, pero solo por un momento. Luego, la atrajo hacia él y la abrazó fuerte.

—Maggie —murmuró y, sin más, la besó de esa manera que la hacía sentir embriagada. Si ella todavía tenía alguna duda sobre el lugar donde quería estar, se disipó en el instante en que estuvo entre sus brazos.

—Te amo —le dijo ella.

Él la miró con expresión desconfiada.

—¿Estás segura? ¿Y tus búsquedas, tus viajes, tu libertad?

Ella negó con la cabeza.

—Ya terminé de buscar. Te encontré.

# EPÍLOGO

Annabelle y Lila estaban jugando una carrera en el jardín. Otras cinco chicas más corrían detrás de ellas, rezagadas.

Era la primera reunión del grupo de apoyo para huérfanos y sus cuidadores. Melinda había sido una parte fundamental del proyecto y se había valido de su gran red de amigos para hacerlo realidad. Ese primer fin de semana no había muchas personas, pero Maggie le había asegurado a Vane que se correría la voz.

—Este lugar será como un hogar para un montón de niños —le había prometido.

Y él la había besado. Igual que acababa de besarla en ese momento, mientras miraban a los recién llegados que comenzaban a integrarse al grupo. Los gritos de alegría y chillidos de entusiasmo resonaban en las paredes de la casa de playa, ya totalmente remodelada.

—Estás sonriendo —observó Maggie, que lo estaba mirando de reojo.

—¿Qué es esa cara? Te la pasas mirándome así. Como si me estuvieras espiando.

Maggie se echó a reír.

—¿Cómo voy a espiarte? Si estamos juntos todo el día.

Vane se tocó el bolsillo.

—Qué bueno que digas eso, porque tengo que decirte algo.

—Yo primero —lo interrumpió ella, nerviosa. Los consejeros habían reunido a los chicos y los estaban guiando hacia la primera actividad del día—. ¿En serio te gusta estar rodeado de niños?

—Hay más lío del que esperaba —admitió Vane, y sonrió—. Pero me gusta.

—¿Y si fueran de distintas edades?

—Sí, no hay problema.

—¿Y bebés? —insistió Maggie, levantando las cejas.

Él contuvo la respiración y asintió.

—Sí. O sea, no sé cuánto apoyo podamos brindarle a un bebé, pero si necesitan ayuda…

—Ay, eres un idiota adorable. Eres tan malo para entender a la gente que me da ternura. —Maggie le agarró la mano y la llevó a su vientre—. Estoy embarazada, Vane. Por eso quiero saber si te gustan los bebés.

Él la miró boquiabierto.

—¿Es en serio?

Maggie soltó una carcajada.

—Si quisiera hacerte una broma, se me ocurren un montón mejores que esta, Vane McClellan. Podría hacer un chiste sobre el hecho de que parece que solo tienes camisas de vestir en el armario —le dijo. Le torció el cuello de la camisa con cariño y agregó—: En serio, te voy a comprar pantalones deportivos. Y una camiseta de béisbol con manchas de mostaza. Así estamos al mismo nivel.

—¿Al mismo nivel? —repitió él, levantándola en el aire—. ¡Si eres una diosa! —La hizo girar mientras ella reía y, luego, volvió a dejarla sobre el suelo y le dio una palmadita en el vientre, mirándola maravillado—. ¿Hay un bebé ahí? ¿Un bebé mío?

Vane tragó para sacarse ese nudo de la garganta. Una familia. Eso era lo que esa casa significaba para él. Una familia con lazos de sangre. Y ahora, de amor. Vane se sintió embargado por una avalancha de emociones. Pero, en lugar de luchar contra ellas, de reprimirlas y ocultarlas en lo más profundo de su ser, las dejó ser libres. Amor y deseo y gratitud y esperanza por el futuro, todas se combinaron en su mente, y se le llenaron los ojos de lágrimas.

—¿Estás bien? —Maggie le tocó la cara, preocupada.

Él le agarró la mano y se la llevó a los labios.

—Estoy más que bien. Solo estoy sorprendido.

—¿Necesitas que te dé un minuto?

Maggie, maravillosa y tierna como ella sola, estaba tratando de entender sus emociones. Y, pensó Vane con una oleada de amor que casi lo voltea, una vez más lo estaba malinterpretando. Era malísima entendiendo a la gente. Pero una de las tantas razones por las que la amaba era que nunca dejaba de intentarlo.

—Te puedo mostrar el test que me hice —insistió ella, que seguía confundiendo su sorpresa con incredulidad—. Por eso te estaba mirando tanto. Quería saber si habías visto el test en el baño. Pero veo que no.

Él negó con la cabeza y acarició con el pulgar la mano diminuta que aún estaba entre las suyas.

—No, tienes razón. No lo vi. Pero vi otra cosa.

—¿Qué cosa?

Él le dio vuelta la palma de la mano.

—Lo desnuda que tienes la mano —le dijo, al tiempo que le deslizaba el anillo diminuto en el dedo anular. Cuando se puso de rodillas, Maggie contuvo la respiración—. Creía que era imposible que las cosas fueran más perfectas, pero eso fue antes de que me dijeras que ibas a tener un bebé. Maggie, prácticamente desde el momento en que te conocí, quise que te quedaras conmigo por el resto de mi vida, y ahora quiero que sea así ante los ojos de la ley. —Tras terminar de ponerle el anillo, le preguntó—: ¿Te casarías conmigo?

Ella se tapó la boca con la otra mano.

—Nunca te puedo decir que no —murmuró, casi para sí.

—Sí que puedes. Y lo has hecho.

—Pero no quiero. Te amo. ¡Sí!

Maggie lo abrazó del cuello y lo besó frente a todo el mundo, pero a él no le molestó para nada. Tenía una casa. Y ahora tenía una familia —Annabelle, Maggie y su bebé— para convertirla en un hogar.

# FIN DE EL MULTIMILLONARIO Y SU PROTEGIDA

## LOS MULTIMILLONARIOS MCCLELLAN
## LIBRO 3

*El multimillonario y su asistente embarazada, 4 noviembre 2021*

*El chef multimillonario y un embarazo inesperado, 3 marzo 2022*

*El multimillonario y su protegida, 3 July 2022*

P. D.: ¿Quieres más multimillonarios ardientes? Entonces, lee estos fragmentos exclusivos de *El jefe multimillonario.*

# ¡GRACIAS!

Muchas gracias por comprar mi libro. Las palabras no bastan para expresar lo mucho que valoro a mis lectores. Si disfrutaste este libro, por favor, no olvides dejar una reseña. Las reseñas son una parte fundamental de mi éxito como autora, y te agradecería mucho si te tomaras el tiempo para dejar una reseña del libro. ¡Me encanta saber qué opinan mis lectores!

Puedes comunicarte conmigo a través de:

www.leslienorthbooks.com/espanola

# ACERCA DE LESLIE

Leslie North es el seudónimo de una autora aclamada por la crítica y best seller del USA Today que se dedica a escribir novelas de ficción y romance contemporáneo para mujeres. La anonimidad le da la oportunidad perfecta para desplegar toda su creatividad en sus libros, sobre todo dentro del género romántico y erótico.

Suscríbete a mi boletín informativo para enterarte de los nuevos lanzamiento:

www.leslienorthbooks.com/cspanola

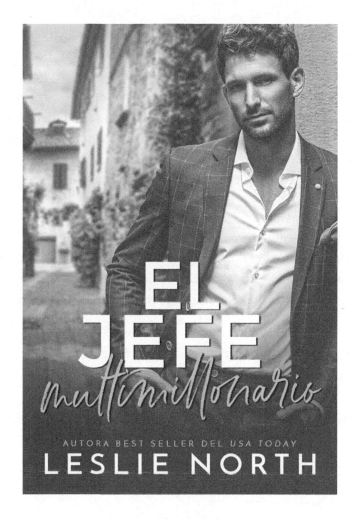

## SINOPSIS

*Los multimillonarios nunca descansan... pero si lo hicieran...*

Durante la mayor parte de su vida, a Laila Diaz las cosas casi nunca le han salido según lo planeado. Pero por fin parece que todo está mejorando. En su último día trabajando para la Asociación de Servicios Infantiles, Laila tiene que llevar a un bebé huérfano al hogar de su nuevo tutor legal: Marcus Campbell, un multimillonario escocés y hosco.

Al instante, queda claro que, aunque Marcus es inteligente y muy atractivo, va a necesitar una niñera, sobre todo porque tiene planeadas unas vacaciones en familia. Laila está desempleada, así que él le hace una oferta que no puede rechazar. El seductor multimillonario parece demasiado perfecto para ser verdad y es tan apuesto que Laila no puede evitar fantasear con besarlo bajo el sol tropical. Qué lástima que sea su jefe…

Marcus nunca conoció a una mujer tan cariñosa, sincera y hermosa como Laila. Tiene algo especial… el modo en que lo mira, lo toca, lo provoca. De a poco, Marcus va bajando la guardia. Se está enamorando perdidamente… no solo de ella, sino también del pequeño Grayson. No obstante, mientras disfrutan juntos del paraíso, el mundo real se cierne sobre ellos, amenazante, listo para pinchar su burbuja de felicidad.

Cuando terminen las vacaciones, ¿podrán construir algo nuevo, algo duradero? ¿Algo más que una simple fantasía?

**Obtén tu ejemplar de ingresando a *El jefe multimillonario*
www.LeslieNorthBooks.com**

**FRAGMENTO**

**Capítulo 1**

Laila chequeó la dirección una vez más, manipulando su teléfono como podía con una sola mano, ya que la otra la tenía ocupada con un portabebés. El bebé de seis meses que estaba llevando a la casa de su nuevo tutor era adorable y, por suerte, tranquilo, pero también era pesado. El pequeño se retorció en su asiento.

—Tranquilo, mi amor. Ya casi llegamos —lo arrulló Laila. Lo meció hacia adelante y hacia atrás suavemente y, al hacerlo, el portabebés se le hundió en el antebrazo y le trazó unos profundos surcos sobre la piel.

Tras asegurarse de estar en la dirección correcta, se acercó al portero eléctrico y presionó el timbre del *penthouse*, lista para pronunciar su discurso de siempre y explicar qué hacía ahí. Para su sorpresa, el propietario —Marc Campbell— le abrió la puerta de entrada al edificio sin siquiera preguntarle quién era.

—Bueno, fue más fácil de lo que esperaba —le dijo al bebé, que la miraba sonriente—. Y por suerte aquí adentro está fresco.

Una ráfaga de aire helado le golpeó el rostro, y Laila cerró los ojos agradecida. Se dirigió al ascensor, que estaba abierto —el portabebés le golpeaba el muslo a cada paso— y marcó el botón del *penthouse*. Al sentir el sacudón del ascensor que comenzaba a subir, el bebé abrió grandes los ojos y movió los pies, entusiasmado. Era adorable, por eso Laila se había ofrecido a llevárselo a su tutor aunque ya había vaciado su escritorio en la Asociación de Servicios Infantiles. Suspiró, algo preocupada. A partir de ese día, estaba desempleada, pero confiaba en que iba a estar bien.

—Los dos vamos a estar bien. Ya verás —dijo, tanto para convencer al bebé como a sí misma.

Unos momentos después, las puertas del ascensor se abrieron frente a un amplio vestíbulo con pisos de mármol. Unos ventanales inmensos la deleitaron con la vista del horizonte. Laila se detuvo, boquiabierta. ¿Una vista así de increíble para una sola persona?

—¿La puedo ayudar?

Laila se dio vuelta y, una vez más, quedó boquiabierta. Por más hermosa que fuera la vista, no se comparaba con el hombre que estaba parado frente a ella. Era tan atractivo que Laila tuvo que desviar la mirada para disimular el rubor en sus mejillas. Casi le dolía mirarlo.

—¿Marc Campbell?

Él asintió y se le dibujó una pequeña arruga entre las cejas prolijas y rectas.

—Cuando tocó timbre, pensé que era la comida china que pedí —dijo. Laila no terminaba de descifrar su acento. ¿Era irlandés? ¿Escocés? El hombre echó un vistazo al portabebés que tenía en el brazo—. ¿Está segura de que no se confundió de dirección?

—Segurísima. Él es Grayson Clark. Tiene seis meses.

—Bueno. —Marc la miró, inexpresivo—. ¿La tengo que felicitar, señorita…?

Esa siempre era la peor parte. Laila sonrió para tratar de suavizar sus palabras, pero sabía que no había otro modo de decir lo que tenía que decir.

—Diaz. Laila Diaz. Trabajo para ASI, la Asociación de Servicios Infantiles. La niñera de este niño nos lo entregó hoy. Sus padres murieron en un accidente. Su auto chocó contra un camión cisterna en Fort Lee. Tal vez lo vio en las noticias.

Marc negó con la cabeza.

—Esta semana no estuve muy al tanto de las noticias. Dijo que se apellida Clark, ¿no?

Ella asintió con expresión amistosa.

—Sus padres se llamaban Remy y Kendra Clark.

Marc se apoyó contra la pared para no perder el equilibrio.

—Remy —murmuró.

—Lamento tener que ser yo quien le dé esta mala noticia.

Marc parpadeó y sacudió la cabeza, como queriendo aclarar sus ideas.

—No, no. La entiendo. Es que... —Señaló el portabebés—. ¿Tenían un hijo?

Laila asintió otra vez.

—Y lo designaron a usted como su tutor legal si algo les llegaba a pasar. ¿No estaba al tanto?

El hombro de Marc chocó contra la pared, que probablemente era lo único que evitaba que se desplomara en ese preciso instante. Se había puesto blanco como un papel, lo cual respondió a la pregunta de Laila.

—Señor Campbell, lamento ser tan directa. Llevamos varias semanas intentando contactarlo, pero sin suerte. La verdad es que no hay un buen modo de comunicar una noticia así. —Laila tragó saliva, porque era cierto. Esa era la parte que más odiaba de su trabajo. Saber que no iba a tener que hacerlo nunca más casi la hizo sentir alivio por haber sido despedida esa mañana. Casi, pero no—. Me imaginé que la noticia quizá lo tomara por sorpresa, así que me tomé la libertad de traerle algunas cosas, al menos para pasar la noche —le dijo apurada. Apoyó el portabebés en el piso de mármol y le mostró la bolsa de tela que llevaba colgada del brazo—. Un paquete de pañales, leche maternizada, un enterito limpio y algunos chupetes. Aunque todavía no sé si le gustan los chupetes.

Volvió a acomodarse la bolsa en el brazo y miró al niño, que seguía imperturbable. Sintió que el corazón se le estrujaba de tristeza al admitir que no podía decir mucho sobre Grayson. No sabía nada sobre él.

—Según entiendo, todavía se está viendo el tema del testamento, pero los Clark le dejaron todo a Grayson, así que, una vez que se resuelva el papeleo, tendrá acceso a todo su dinero para poder mantenerlo. Si necesita que cubran algunos de sus gastos hasta entonces... —aunque no parecía que a Marc le faltara dinero, teniendo en cuenta que vivía en un *penthouse* lujoso en uno de los barrios más caros de Manhattan, era parte de su trabajo explicarle todo— puede comunicarse con la albacea de los Clark. Tengo sus datos aquí mismo. Es abogada y trabaja en Montclair. Parece que tiene muy buena reputación.

Laila rebuscó dentro de su bolso, sacó un papelito arrugado y se lo ofreció a Marc. Él no lo agarró. Ella le miró la cara cenicienta y se sintió culpable. En cuestión de segundos, Marc no solo se había enterado de que era el tutor de un niño al que ni siquiera conocía, sino también de que uno de sus amigos había muerto trágicamente. ¿Cómo podía ser tan impaciente en lugar de permitirle que procesara la noticia?

—Lamento agobiarlo con tantas cosas a la vez —le dijo, con la misma tristeza que le invadía el pecho cada vez que tenía que enfrentarse a las desgracias del mundo. Se moría de ganas de tocarle el brazo y darle un apretoncito amistoso, pero no tenía derecho a hacer una cosa así. Tenía que ser profesional.

—No se preocupe —respondió Marc, con la voz ronca y cansada —. No hizo nada malo. Solo está haciendo su trabajo.

Quizá tuviera razón, pero Laila era demasiado sensible y no podía evitar empatizar con él. Apoyó el portabebés en el piso con cuidado y estiró los dedos antes de decirle:

—Ojalá pudiera ayudarlo más, pero, por desgracia, hoy fue mi último día de trabajo en ASI. Si tiene alguna pregunta, estoy segura de que mis excompañeros lo ayudarán con gusto, aunque quizá tarden un poco en responder. —Por los recortes de presupuesto, en

ASI habían despedido a varios empleados, Laila incluida. Las personas que seguían trabajando iban a estar terriblemente sobrecargadas, más de lo que ya estaban—. La situación en la oficina está... un poco caótica. En parte, quería asegurarme de que mi última tarea fuera traer a Grayson hoy mismo porque tenía miedo de que, si no lo hacía, cometieran un error y terminara en un hogar de acogida. —Se agachó para mirar con cariño al bebé, que dormía con la boca abierta; se le estaba formando un charquito de baba en los pliegues del mentón. Sin poder evitarlo, le sonrió—. Y no podíamos permitir que pasara eso, bebito.

Cuando levantó la mirada, Marc estaba parado frente a ella, frotándose la nuca despacio. Tenía una expresión atormentada y preocupada, pero pareció recomponerse en un santiamén.

—¿Quieres pasar? —le preguntó, y dio un paso atrás. Laila observó por primera vez el *penthouse* que estaba a sus espaldas—. Espero que no te moleste que te tutee. Si pudieras cuidarlo solo unos minutos más así hago unas llamadas, te agradecería mucho —agregó. Entonces, hizo una mueca—. Perdón, dijiste que era tu última tarea y tu último día. ¿Estás apurada? ¿Tienes que ir a algún lado?

—No, para nada —respondió ella—. No me molesta quedarme un rato más con él.

Amagó a levantar el portabebés, pero, antes de que pudiera hacerlo, Marc lo agarró y, con un gesto, la invitó a pasar. Era un gesto caballeroso, aunque un tanto torpe, y Laila se sintió encantada y, luego, un poco avergonzada por sentirse encantada ante algo tan simple como un gesto amable. Sin el portabebés, se sentía muy liviana. Casi mareada, incluso, aunque de seguro eso tenía más que ver con la vista deslumbrante que estaba frente a sus ojos que con otra cosa.

Unos ventanales, tan limpios que parecía que no se interponía nada entre ella y el cielo, dejaban ver la ciudad y buena parte del horizonte de Manhattan. A la luz del sol poniente, una voluta diminuta de nubes rodeaba la antena del World Trade Center, que se veía a lo lejos; tenía los bordes teñidos de rosado como un algodón de azúcar. Para su sorpresa, la imagen evocó el recuerdo olvidado hacía tiempo de un viaje a la costa de Jersey en el que sus padres sustitutos le habían comprado un cono pegajoso y absolutamente delicioso de algodón de azúcar.

Laila se obligó a volver al presente y miró a su alrededor. Desde alguna parte del *penthouse*, resonaba la voz de Marc, tensa y casi inaudible. Laila aguzó el oído para escuchar lo que decía, pero él estaba hablando con un acento más pronunciado y a ella se le complicaba entender la mayor parte de lo que estaba diciendo. Llegó a la conclusión de que debía estar hablando con su abogado y, entonces, Grayson se removió en el portabebés y la distrajo.

El niño frunció la nariz con gesto gracioso mientras luchaba por librarse del cinturón y agitaba sus puños regordetes. Laila fue corriendo al lugar donde Marc había apoyado el portabebés.

—Shhh —lo tranquilizó, acariciándole la cara—. Ay, estás todo transpirado —notó preocupada—. Voy a sacarte de ahí.

Lo alzó en brazos, y él se acurrucó contra ella y hundió la cara en su cuello por un momento, antes de protestar un poco y refregarse los ojos. Laila miró a su alrededor buscando algo para distraerlo, pero todas las cosas que había en ese departamento parecían demasiado caras como para que un bebé les respirara cerca, mucho menos para que jugara con ellas. Estaba a punto de empezar a cantar cuando sintió un tirón en el cuello.

—¿Te gusta? —le preguntó. Grayson tenía la mirada tan enfocada que casi se puso bizco, y cerró su puñito codicioso alrededor del sencillo collar que Laila siempre llevaba puesto—. Pero no tironees mucho, ¿sí? Despacio —le dijo, y le agarró la mano para mostrarle la fuerza adecuada que debía ejercer para investigar el objeto brillante—. No tiene ningún valor sentimental, solo me parece lindo, ¿tú qué opinas? No, no te lo metas en la boca…

—Perdón por hacerte esperar.

Sobresaltada, Laila se dio vuelta para mirar a Marc. Había estado tan distraída con Grayson que ni se había dado cuenta de que Marc ya no estaba hablando por teléfono.

—No pasa nada —le dijo, y se pasó a Grayson del otro lado para poder mirarlo—. O al menos a mí no me pasa nada. ¿Y a ti?

Marc exhaló profundamente.

—La noticia llegó en un mal momento… —Hizo una pausa y soltó una risita amarga—. Aunque, la verdad, no me imagino que haya un buen momento para recibir una noticia como esta. Pero tuve que resolver varias cosas porque mi familia y yo nos vamos en un crucero mañana, por seis semanas.

—Seis semanas —repitió Laila. Unas vacaciones de seis semanas. Marc bien le podría haber dicho que iba a volar a la luna; la idea le hubiera resultado igual de ajena.

—Sí —dijo Marc—. Ya está todo organizado y es muy tarde para cancelar. Pero ahora tengo un niño del que cuidarrr —agregó, con una nota de incredulidad en la voz, y Laila no pudo evitar notar cómo arrastraba la erre. Nunca había escuchado hablar a alguien así en la vida real, pero, como era fanática de la serie *Outlander*, al menos podía confirmar que Marc era escocés.

—Es mucho que procesar.

Claro que empatizaba con él. Laila había pasado las últimas semanas de su vida sintiendo que todos sus planes se habían ido al diablo, aunque sus circunstancias eran muy distintas. Al mudarse a Nueva York hacía un año para convivir con su novio de larga distancia, a quien había conocido por internet, había sentido que, por fin, su vida estaba encaminada. Tenía una linda relación con un hombre exitoso y, al poco tiempo, consiguió trabajo en ASI. Cuando Brian le propuso casamiento, creyó que todo era perfecto.

Pero un día había llegado a su casa y había encontrado a su prometido en la cama con otra mujer, y su relación se había desmoronado en un instante. Laila se había quedado con el departamento luego de que él se marchara, pero eso no era un beneficio en sí, ya que su sueldo no le alcanzaba para pagar el alquiler (el sueldo que ya no iba a tener a partir de ese mismo día, gracias a los recortes de presupuesto y la reestructuración). A Laila le gustaba pensar que era capaz de enfrentar cualquier cosa que le presentara la vida, pero últimamente no paraba de presentarle problemas.

No obstante, estaba haciendo todo lo posible por transformar su caída en un giro controlado. Quería buscar un lugar nuevo y más accesible para vivir, y planeaba subalquilar el otro departamento hasta que se terminara el contrato. Y ya le habían pasado información sobre un trabajo de directora en el nuevo centro comunitario que iban a abrir en Queens. Por desgracia, todavía estaban construyendo el edificio y no habían empezado a entrevistar a nadie, lo cual la ponía nerviosa. La mujer con la que había hablado le había asegurado que el puesto era suyo, pero no la iban a contratar hasta dentro de dos meses y, la verdad, no sabía cómo iba a sobrevivir hasta entonces. Pero se las iba a arreglar. No le quedaba otra.

Marc no sabía nada de eso, por supuesto. Pero parecía que le costaba respirar, igual que a ella durante el último mes. Eso era algo que tenían en común. La diferencia era que, para Laila, un crucero de seis semanas era el paraíso y, por la actitud desganada de Marc, para él era el séptimo círculo del infierno.

—Entiendo que necesites un poco de tiempo —dijo Laila, desenredando los dedos del bebé de su cadenita—. Puedo arreglar para que Grayson vaya a un hogar de acogida…

—De ninguna manera —la interrumpió Marc de inmediato—. Tampoco soy un inútil total cuando se trata de chicos. Tengo primitos. Me las puedo arreglar. —Se estiró para alzar a Grayson.

Aunque ese despliegue de responsabilidad paternal sin duda era digno de suspiros, Laila se negaba a soltar al bebé. De seguro Marc lo había notado, porque bajó las manos y se rio.

—¿Te sentirías más tranquila si te dijera que mis padres se quedan conmigo hoy y que me van a ayudar?

Laila sonrió.

—Tal vez un poco.

—Bueno, entonces se van a quedar aquí. Ahora salieron a cenar, están disfrutando una noche en la ciudad. —Marc hizo una pausa y frunció el ceño—. Sin dudas, esto les va a arruinar la velada.

—¿También te van a ayudar en el crucero? —le preguntó Laila.

—Me ayudarían si se los pidiera, pero no sería justo, son sus vacaciones. No, voy a tener que conseguir una niñera para el crucero. Me parece mucho mejor que haya una persona capacitada cuidándolo, antes que yo solo haciendo lo que puedo. —Otra vez sonrió con amargura—. Y tengo dieciocho horas para encontrar una antes de zarpar. Nada de qué preocuparse, ¿no? —dijo, mirando a Laila.

Ella no puedo evitar reír.

—Es facilísimo. A ver, hay una persona que tiene experiencia cuidando niños y que, de casualidad, está desempleada justo aquí en el vestíbulo. Ni siquiera necesitas dieciocho horas.

Marc abrió grandes los ojos. Por un momento, Laila no atinó a hacer nada más que sonreírle con cara de estúpida. ¿Por qué la estaba mirando así? ¿Por qué no se reía del chiste que acababa de decirle…?

—Estás contratada.

—¿Qué? —Laila se quedó mirándolo y negó con la cabeza—. No, no. O sea, te agradezco, pero era un chiste. Además, ni siquiera me conoces.

—Trabajabas para servicios infantiles. Me imaginó que te habrán investigado bien —repuso él—. ¿Te despidieron por negligencia?

—Por supuesto que no —masculló Laila—. No me despidieron, me desvincularon por recortes de presupuesto.

—Grandioso. ¿Podría investigar tus antecedentes por las dudas?

—Es…

—Y necesito una prueba de drogas también, claro. Puedo conseguirla en una hora.

—Sí, pero…

—Y ¿tienes pasaporte? Mierda, te lo tendría que haber preguntado antes.

Brian y ella habían planeado ir a las Islas Vírgenes de luna de miel.

—Sí —suspiró Laila—. Tengo pasaporte.

—Entonces estás contratada.

—Pero… ¿estás seguro?

Todavía no terminaba de creerlo, pero, en el lapso de una hora, Laila firmó el contrato que redactó el abogado de Marc, que estipulaba que la contrataba —por una suma increíble de dinero— para trabajar de niñera durante seis semanas en un crucero por el Atlántico. Nada mal para una huérfana que nunca había salido del noroeste de Estados Unidos.

—Pareces impactada —observó Marc con tono simpático cuando ella terminó de firmar—. No hay de qué preocuparse. Será divertido.

Justo en ese momento, Grayson soltó un alarido ensordecedor, y Laila fue corriendo junto a él, preguntándose en qué lío se habían metido los dos.

**Obtén tu ejemplar de ingresando a *El jefe multimillonario***
**www.LeslieNorthBooks.com**

Made in United States
North Haven, CT
04 April 2023

34982847R00098